话说 **内蒙古**

锡林郭勒

阿巴嘎旗

于立平　陈海峰　张明山 ◎ 编著

内蒙古人民出版社

图书在版编目 (CIP) 数据

话说内蒙古·阿巴嘎旗 / 于立平，陈海峰，张明山
编著. -- 呼和浩特：内蒙古人民出版社，2018.7（2020.5 重印）
ISBN 978-7-204-15380-0

Ⅰ. ①话… Ⅱ. ①于… ②陈… ③张… Ⅲ. ①阿巴嘎
旗－概况 Ⅳ. ① K922.6

中国版本图书馆 CIP 数据核字 (2018) 第 094086 号

话 说 内 蒙 古 · 阿 巴 嘎 旗

HUASHUO NEIMENGGU ABAGQI

丛书策划	吉日木图　郭　刚
策划编辑	田建群　张　钧　南　丁　王　瑶　贾大明
本册编著	于立平　陈海峰　张明山
责任编辑	田建群　南　丁
责任监印	王丽燕
封面设计	南　丁
版式设计	朝克泰
丛书名题字	马继武
蒙古文题字	哈斯毕力格
出版发行	内蒙古人民出版社
地　　址	呼和浩特市新城区中山东路 8 号波士名人国际 B 座 5 楼
网　　址	http://www.impph.cn
印　　刷	内蒙古恩科赛美好印刷有限公司
开　　本	710mm×1000mm　1/16
印　　张	13.5
字　　数	200 千
版　　次	2018 年 7 月第 1 版
印　　次	2020 年 5 月第 2 次印刷
印　　数	2001—3000 册
书　　号	ISBN 978-7-204-15380-0
定　　价	56.00 元

图书营销部联系电话：（0471）3946267 3946269
如发现印装质量问题，请与我社联系。联系电话：（0471）3946120 3946124

《话说内蒙古·阿巴嘎旗》编撰委员会

主　　任：哈斯巴雅尔（中共阿巴嘎旗委书记）

副 主 任：阿木古楞（中共阿巴嘎旗委副书记、政府旗长）

　　　　　王玉其（中共阿巴嘎旗委副书记）

　　　　　包文霞（中共阿巴嘎旗委常委、政府副旗长、

　　　　　　　　　统战部部长）

　　　　　葛永军（中共阿巴嘎旗委常委、宣传部部长）

　　　　　高志杰（阿巴嘎旗人大常委会副主任）

　　　　　方桂琴（阿巴嘎旗政协副主席）

编　　委：孙海鹏　于立平　陈海峰　张明山

《话说内蒙古·阿巴嘎旗》编写组

主　　审：葛永军　方桂琴

主　　编：孙海鹏

编撰人员：于立平　陈海峰　张明山　龚国山　新巴雅尔

　　　　　李咏梅

摄　　影：呼努苏图　仁钦　赵海龙

工作人员：马志杰　宋博雅

总　序

　　内蒙古自治区是我国第一个省级少数民族自治地区。全区共划分为9个地级市、3个盟、2个计划单列市，下辖52个旗（其中包括鄂伦春、鄂温克、莫力达瓦达斡尔3个少数民族自治旗），17个县，11个盟（市）辖县级市，23个市辖区，共103个旗、县、市辖区，首府呼和浩特市。

　　内蒙古东西直线距离2400千米，南北跨度1700千米，土地总面积118.3万平方千米。广袤的土地蕴含着丰富的自然资源：从东到西的森林、草原、沙漠等地形地貌，天然地形成了独特的旅游资源；丰富的煤、铅、锌、稀土、风力等矿产资源和清洁能源，为煤化工产业、有色金属产业、清洁能源产业的发展提供了支撑；地跨"三北"（东北、华北、西北），毗邻八个省区，与俄罗斯、蒙古国接壤，国境线长达4200千米，有建成我国向北开放的重要桥头堡和充满活力的沿边经济带的天然区位优势；依托于气候、优质土壤和草场、水源充足等优势，农牧业的发展已融入现代化建设当中。

　　这是一方自然资源丰富的沃土。它是北方少数民族生息和发展的中心地域，孕育了游牧文明、草原文化，在与农耕文化的不断碰撞中，相互融合，相互促进，共同谱写了中华文明的恢宏乐章。仰韶文化、红山文化是中华史前文化的一部分，战国时期赵武灵王着胡服、学骑射，两汉与匈奴交往、和亲，两晋南北朝的鲜卑建立了雄踞北方的北魏王朝，隋唐与突厥建立了宗藩关系，契丹民族建立了辽代政权，蒙古民族创立了疆域广阔的大元王朝，明清与鞑靼、瓦剌等民族建立了藩属关系——历史上，北方少数民族或雄踞一方与中原交好，或入主中原，在不断风起云涌中铸就了内蒙古丰富、厚重的历史文化魂魄。进入近现代以后，内蒙古也走在抗敌御侮的前沿，为新中国的成立作出了巨大贡献。

　　这份丰厚的历史积淀当中，涌现了诸多杰出人物，他们或是一方霸主，统领一域；或是一代天骄，建万世之基；或是贤良能臣，辅助建国大业；或是时势英雄，救人民于水火；或是在各自领域内创造历史价值的名人雅士。这些人有耶律阿保机、成吉思汗、忽必烈、哲别、术赤、耶律楚材、乌兰夫、李裕智、尹湛纳希、玛拉沁夫、纳·赛音朝克图等等。

物华天宝，人杰地灵。广袤的土地除了养育了一代代的草原人，也成就了它丰富的地域文化：马头琴音乐、呼麦、长调等民族音乐，好来宝、二人台、达斡尔族乌钦等曲艺，安代舞、顶碗舞等民族舞蹈，刺绣、剪纸、民族乐器制作、生活用具制作等传统工艺，蒙医药、正骨术等传统医药医术，婚丧嫁娶等独特的礼仪习俗。内蒙古在音乐舞蹈、民间艺术、文学史诗、传统医药、手工技艺、民俗风情等方面都取得了独有的成就。

悠久历史文化滋养下的内蒙古，在中古共产党的领导下，迈向新的历史征程。内蒙古自治区成立以来，党和国家一直重视内蒙古的发展，也给予各类政策和经济支持。内蒙古也不负众望，各项事业均取得了令人瞩目的成就：经济保持平稳增长，人民的生活水平不断提高；民主法治建设得到有效推动；建立了具有民族特色的教育体系，民族教育水平不断提高；民生改善工作成绩斐然；生态文明建设取得较大成就；四通八达的立体交通网，把内蒙古与世界各地拉近……

纵观几千年历史，内蒙古在历史的长河中扮演了重要的角色，这不仅源于自然条件的得天独厚，也源于草原儿女的自立自强。虽然这片沃土上的民族大多以口耳相传的方式传承着自己的文化，但是仍有不少历史的碎片撒落在当地的史籍当中，这些史料汇集成册，将成为向世人介绍内蒙古的名片。为此，我们组织全区103个旗县（市区）的有关部门和专家学者，借助各地的丰富史料，把散见于各种资料中的人文历史、民俗文化、民间艺术、壮丽风光、当代风采、支柱产业等汇编在一起，编纂出一套能够代表内蒙古总体面貌、能够反映时代特色和文化大区风范的大型读物——《话说内蒙古》，以展示我区经济发展、文化繁荣、民族团结、边疆安宁、生态文明、各族人民幸福生活的六大风景线。

一本书，一支笔，浓缩的仅仅是精华中的精华，不足以穷尽所有旗县（市区）的方方面面。若本书为你敞开一扇了解内蒙古之窗，那么，读万卷书不如行万里路，内蒙古将以最大的热情迎接你：

赛拜侬——

欢迎你到草原来！

序

　　2017年是内蒙古自治区政府成立70周年。中共阿巴嘎旗委、阿巴嘎旗政府应内蒙古人民出版社之邀，开展《话说内蒙古·阿巴嘎旗》一书的编撰工作。

　　《话说内蒙古·阿巴嘎旗》一书以推进阿巴嘎旗经济社会发展为主旨，以阿巴嘎旗历史上的重大事件、重要人物，游牧文化衍生出的民俗风情、风味特产以及现代化建设的各项成就为主要内容，以简练、朴实、通俗的语言，采用图文并茂的形式，将阿巴嘎旗客观地呈现给读者。

　　阿巴嘎旗由一个古老的部落演变而来。"阿巴嘎"系蒙古语音译，汉语为"叔叔"之意。因部落首领为元太祖成吉思汗同父异母弟别力古台的后裔，故将其所部称为"阿巴嘎"部，并延用下来。阿巴嘎历史源远流长。阿巴嘎草原广袤雄浑，早在远古时代，就有原始人类在此聚居生息。战国前后，阿巴嘎曾是诸多少数民族的游猎之地，因西戎、北狄在此雄踞而载入史册。此地汉为上谷郡北境，晋为拓跋氏居地，隋、唐为突厥所居，辽为上京道西境，金属北京路西北境，元属上都路，明为察哈尔万户地，清建置设旗。抗日战争爆发后，此地被伪蒙疆统治，日本侵略者疯狂掠夺畜产品资源，阿巴嘎草原满目疮痍，人民饱受苦难。1946年春，内蒙古自治运动联合会首次派出以中共党员为骨干的工作组来到阿巴嘎草原开展工作，建立民主政府。草原上的广大贫苦牧民从此摆脱了封建剥削的桎梏，获得解放。纵观几千年的历史，在这片以蒙古族为主体、以畜牧业为主业的草原人民世代生息繁衍的美丽富庶的土地上，阿巴嘎人民创造了无数的光辉业绩。中华人民共和国成立后，阿巴嘎人民在中国共产党的领导下，艰苦创业、砥砺奋进，建设自己的家园。如今，阿巴嘎政通人和、民族团结、百业兴旺，在党的十八大精神的指引下，朝着全面建成小康社会的大道阔步前进。

党的十八大以来，习近平总书记多次在不同场合提出要"讲好中国故事，传播好中国声音"，锡林郭勒盟委提出要"讲好锡盟故事"，出版《话说内蒙古·阿巴嘎旗》一书正逢其时。编写该书，我们力求将真实性、趣味性、知识性和启迪性融为一体，以达到可读、可信、可趣、可启的效果，为读者熟悉阿巴嘎、热爱阿巴嘎，更为宣传阿巴嘎，提供便捷材料。同时，这对激发五湖四海的朋友与草原各族人民一起投身到建设繁荣、宜居、美丽、文明、幸福的阿巴嘎，打造祖国北疆亮丽风景线具有深远意义。

中共阿巴嘎旗委书记：哈斯巴雅尔

阿巴嘎旗人民政府旗长：阿 木 古 楞

2017年4月

目录 Contents

回望历史

远古岁月 /3

荒野遗踪 /4

争雄草原 /13

近代风云 /24

名士高贤

宗王别力古台 /31

威震岭西——毛里孩巴图尔王 /33

部落名媛——娜木钟哈屯 /34

一代国师——阿格旺丹丕勒 /35

语言学家——拉木苏荣 /36

爱国明贤——嘎拉桑热布华 /37

虎胆英雄——丹增 /38

独占鳌头——跤王乃登 /39

草原学者——高·吉穆彦 /40

民兵楷模——朝伦巴特尔 /41

草原之子——廷·巴特尔 /44

文化使者——道·图门巴雅尔 /46

吉祥山水

人文遗迹 /51

传说遗迹 /51

庙宇遗迹 /54

旅游景点 /57

民俗风情

服饰住房 /81

婚嫁丧葬 /90

礼节礼仪 /92

时令节庆 /94

祭祀习俗 /96

文体活动 /101

禁忌及其他礼俗 /110

风味特产

赏心悦目的查干伊得 /113

馥郁芳香的鲜奶饮品 /116

浓郁醇香的乌兰伊得 /118

独具特色的蒙古面食 /119

当代风姿

沧海桑田——社会主义建设成就展示 /123

牧野新歌——草原畜牧业发展成就显著 /131

长风破浪——工业经济建设成就展示 /139

春潮激荡——第三产业发展成就展示 /146

桃李芬芳——教育事业成就展示 /153

大德仁医——卫生事业成就综述 /165

春色满园——文化体育工作成就展示 /170

亮丽边城——城镇建设工作成就展示 /180

民族团结花盛开——民族宗教工作成就展示 /187

幸福花开——"十二五"民生工作成效展示 /191

后记

HUASHUONEIMENGGUabagaqi

回 望 历 史

H U I W A N G L I S H I

"阿巴嘎"系蒙古语音译，汉语为"叔叔"之意。因部落首领为元太祖成吉思汗同父异母弟别力古台的后裔，故将其所部称为阿巴嘎部。

远古岁月

远古先民生活断想

阿巴嘎旗这片富饶神奇的草原，曾经是元太祖成吉思汗的胞弟蒙古宗王别力古台后裔繁衍生息的地方。在源远流长的历史长河中，各民族在这片草原上用他们的勤劳、智慧和勇敢，创造出灿烂的民族文化和草原文明。

早在远古时代，阿巴嘎草原就有原始人聚居生息。虽然这些远古先民的生活状况史书上记载得很少，但是今天我们仍然能通过先民留下的遗迹、遗址、文物等去探寻、猜测那段

阿巴嘎岩画·人面像

阿巴嘎岩画·日月

茹毛饮血、钻燧取火、追逐猎物的荒蛮情形，感受先民逐步适应大自然的艰辛生活历程。

在阿巴嘎草原上，牧民在放牧时会不经意地发现草地上散落的一些磨制石器和陶片等。这些遗物虽然经历了漫长岁月的侵蚀，但石器和陶片上那些模糊、暗淡、粗糙的痕迹，仿佛又把我们带回了那个远古时代。

也许当时这片地域气候温和、水草丰美、野兽出没、流水潺潺、鸟鸣鱼跃……一天，一群有着血缘关系的先民来到这里定居，这时人类已经进入新石器时代。由于生产能力低下，他们只能寻找一些天然的洞穴或搭建一些较为简陋的茅舍来遮风避雨。为了生存，先民们就

地取材，用石头和木棒打磨一些简单的生活用具和猎具，开始了他们的阿巴嘎文明之旅。

猎具的简陋使他们获取的猎物极少，远远满足不了他们基本的生活需求。为了生存，他们每天还要采集一些植物、野果等充饥。为了维持生存，人们只能集体行动、相互协作。

经过漫长的岁月，出现了私有制、阶级和国家。原始社会被奴隶社会取代。至此，人类穴居野处、枕山栖谷、餐风沐雨、啼饥号寒的荒蛮生活也随之结束。

荒野遗踪
诸族聚驻游牧高原

在中国历史上，一提到北方，一部分人就倾向认为北方是荒凉落后的地方，其实不然。据史料记

石叶

玉髓、石镞

屈肢双人葬遗骸

石磨盘、磨棒

载，北方游牧文化与中原农耕文化的产生在时间上没有太大的差距。

阿巴嘎旗地域，战国前后曾是诸多少数民族的游牧之地。对这些少数民族的称谓，甲骨文中有"土方""鬼方"的记载，史书上则泛称为"戎"（西戎）、"狄"（北狄），特称为"荤粥""猃狁""匈奴""林胡""楼烦""东胡"等。这些游牧民族的生活，是"逐水草迁徙"，"各有分地"，以

石铲

陶质臂穿

畜牧、狩猎为主。

3世纪初至6世纪末，北方地区游牧民族势力占据了主要地位，游牧经济获得了长足的发展。此时的阿巴嘎草原也并不平静，各游牧民族纵横驰骋、相互拼杀、兼并融合，共同书写了阿巴嘎草原神奇的历史，为中华文明和草原文化增添了灿烂的光辉。

部落间的战争

匈奴入驻游猎漠北

匈奴兴起于公元前3世纪，衰落于公元1世纪，在大漠南北活跃了约300年。秦始皇为了防止匈奴人进攻中原领土，命大将蒙恬修筑了举世瞩目的万里长城。然而在秦衰汉兴时期，匈奴人利用中原内战的机会，扩张领土，疯狂掠夺。匈奴的这一行为，也曾引起了亚洲高原各民族第一次集体骚动。

匈奴将月氏赶出甘肃，迫使他们逃亡西方，然后又同汉朝对峙，争夺"丝绸之路"的控制权。到公元前57年，匈奴统治集团发生内讧，最后呼韩邪单于稽侯珊获胜。公元前51年春，呼韩邪单于入汉觐见汉帝，以示归附。东汉初，匈奴分裂为南、北二部，呼韩邪的孙辈醢（xī）落尸逐鞮单于再次归附汉朝。南匈奴政权在汉朝支持下，逐渐稳定下来。公元89年至91年，汉朝展开对

汉代双耳陶罐

北匈奴的军事远征行动。北匈奴接连大败,北单于率主力西迁,匈奴退出漠北地区。

值得肯定的是,匈奴在中国历史舞台上活跃了约300年,由于不断地南进或南迁,不同程度地受到了中原文化的影响,深浅不一地参与了汉文化的历史进程。同样,游牧文明也给中原文化注入了新鲜的内容,留下了一幅幅多姿多彩的历史画卷。

拓跋艰辛创建北魏

汉朝时阿巴嘎旗属上谷郡北境,晋朝时此地为拓跋族的居住地。

上谷郡为燕国北长城的起点,地域广阔。其地北以燕山屏障沙漠,南拥军都俯视中原,东扼居庸锁钥之隘,西有小五台山与代郡毗邻。汇桑干、洋河、永定、妫河四河之水,踞桑洋盆地之川。

拓跋部为鲜卑族一支,又称托跋部,为黄帝后裔。《魏书·序纪》载:黄帝以土为王,北俗谓土为"托",谓后为"跋",故以为氏。

拓跋鲜卑原来居住在今黑龙江、嫩江流域大兴安岭附近,过着游牧生活。东汉以前,北匈奴兵败西迁后,拓跋部在酋长拓跋诘汾的率领下,也逐渐向西迁移,进入漠北地区。2世纪,鲜卑各部落建立游牧部落军事联盟,南与东汉对峙。2世纪末,鲜卑三个地域集团中的"小种鲜卑"轲比能率领十万余骑,占据高棉以东的代郡、上谷郡边塞内外地。大致在今锡林郭勒草原牧驻。东部鲜卑主要在西拉木伦河、老哈河流域和科尔沁草原游牧。西部鲜卑在今鄂尔多斯高原、巴彦淖尔和阴山南北地区活动。

之后,东部鲜卑大多依附东汉政权,西部鲜卑拓跋部逐渐壮大。338年,拓跋部首领什翼犍建立代

北魏铁质铡刀

政权，都于盛乐（今内蒙古和林格尔），后为前秦苻坚所灭。淝水之战后，拓跋珪于386年重建代国，同年改国号为魏，史称北魏。先建都平城（今山西大同），后孝文帝迁都洛阳。

石人记录突厥足迹

隋唐时期，蒙古高原经过多年的战争，各部落兼并、融合和迁移后，阿巴嘎草原又迎来了新的主人——突厥人。

5世纪时，突厥人是柔然人的奴隶，在金山（今阿尔泰山）南麓为柔然奴隶主锻铁，被称为"锻奴"。当时各族群由于地域之争，战事不断。柔然多次受到北魏的攻击，逐渐衰落。429年，高车等部落纷纷脱离柔然的统治，投向北魏。而随着柔然军事上的惨痛失利，其他尚未投靠北魏的草原部落，也开始不断地逃亡和反抗。

从5世纪末叶起，突厥人才逐渐摆脱了被奴役的地位。546年，突厥首领阿史那土门率领部众吞并了铁勒各部共五千余人，逐步发展壮大起来。

突厥打败柔然后，土门遂以漠北为中心建立了突厥政权——突厥汗国。他们一方面与柔然断绝关系，另一方面向西魏求婚。551年，西魏把长乐公主嫁给土门首领。此

阿巴嘎旗境内的突厥石人墓葬

出土于阿巴嘎旗境内的突厥石人

出土于阿巴嘎旗境内的突厥石人

后不久，土门弟室点密，统帅大军十万人攻占了西域各地，自立为可汗。建牙帐于鹰娑川(今新疆库车县西北的小裕勒都斯河)。后又在今中亚楚河西岸设立夏都，在西部形成一个半独立的势力。

553年土门死后，土门之子木杆可汗即位，突厥灭柔然，东服契丹及奚，势力日渐强盛。突厥辖境辽阔，东自辽水，西至里海，南达阿姆河，北抵贝加尔湖。设牙帐于都斤山(今鄂尔浑河上游杭爱山北山)。

583年，突厥分为东、西两部。东突厥于585年接受隋朝统辖，部分突厥人迁到漠南一带。隋末唐初，东突厥又逐渐强大起来，对中原王朝统辖地区发动过多次进攻。628年，原役属于突厥的薛延陀在漠北建立政权。630年，东突厥为唐朝所灭。归附的东突厥人由唐朝统一管辖，并将东突厥原统治区漠南分为六个州，由突厥贵族担任都督。

西突厥政权在唐初比较强大，中央亚细亚一带及西域地区都受它的控制。后来西突厥分裂为二，力量削弱，唐朝在和西突厥的斗争中占领了天山北麓各地及焉耆、龟兹。公元651年，西突厥贵族阿史那贺鲁叛唐，唐朝屡次发兵平叛，于657年消灭了西突厥。唐朝先后

在西域设置了龟兹、焉耆、于阗、疏勒四个军事据点和昆陵、濛池两个都护府，这样唐朝的管辖权便延伸至中亚巴尔喀什湖以西的地区。在隋唐时期，锡林郭勒草原一直是突厥人生活的地方。他们留下了大量的遗物，其中最为重要的就是突厥石人。

在阿巴嘎旗巴彦图嘎苏木额尔登乌拉境内出土了两尊突厥石人像，据考证，为当时突厥人的墓前殉葬品。这些石人虽然时过千载，但如今我们依然可以通过其流畅的线条、逼真的神态感受到古代突厥人高超精湛的雕刻技艺。

用石人作殉葬品，说明石头对游牧民族有着灵魂保护的含义。其根源就是游牧民族对石头的崇拜，他们认为石头具有通灵的作用。因此，这种崇拜自然也会反映到丧葬风俗上。

突厥石人是突厥人在阿巴嘎草原生活的见证物，有着重要的研究价值和历史文化价值。如今，矗立在草原上的石人，已经成为一道美丽的风景，成为游牧文化的象征。

经过一百多年的内乱，到682年，东突厥汗国又出现了短暂的复苏，但最后还是于745年被强盛起来的回纥征服。

争雄草原

契丹驻牧称霸草原

辽朝时期，阿巴嘎旗属上京道西境，契丹赶走突厥在此称霸。

契丹族在6、7世纪就已经发展壮大起来。这一时期，他们主要生活在西拉木伦河、老哈河流域。696年，契丹人进入山海关，向今北京方向劫掠。契丹的南进扩张，直接威胁到了唐朝的统治。于是唐朝政府请求正在强盛时期的突厥人出兵援助。突厥军队的出击，使契丹大败。也是这次致命的打击，使得契丹的扩张计划停滞了三百多年。

916年，契丹首领耶律阿保机在今通辽奈曼旗境称帝，国号"契丹"。924年，契丹人攻入蒙古高原，赶走了突厥人。926年，耶律阿保机又率兵攻破今朝鲜一带，在今天的哈尔滨与海参崴到旅顺口的通古斯，建立了雄踞北方的辽王朝。

在与中原和西部各国的交往中，辽融会众长，卓有成效地促进了政治、经济和文化各方面的迅速发展，在较短的时间内从氏族社会过渡到奴隶制社会，并向封建社会跃进。同时，辽统治下的中国北方，各民族之间关系密切，为北方社会发展和民族融合作出了一定的贡献，创造了具有相当文明程度的契丹政权。1125年，辽被金所灭。

界壕书写女真春秋

金朝是女真族建立的王朝。女真（又称女贞、女直），源自3000年前的"肃慎"，汉至晋朝时称"挹娄"，南北朝时称"勿吉"（读音"莫吉"），隋唐朝时称"黑水靺鞨"，9世纪始，更名女真。

女真族是中国古代生活在今中国东北及西伯利亚东南部地区的一个古老民族，部落众多，分布范围较广，居处分散。

11世纪，在黑龙江和松花江流域的土地上，生活着黑水靺鞨遗留的通古斯族群的女真族，并向契丹称臣。

女真族的领袖完颜阿骨打在1115年统一了女真族各部落，并在很短的时间内攻打下了辽国北方首都上京，然后入侵并占领了宋国大部分土地。并建立了齐、楚等傀儡政权，随后建立金国。辽保大二年（1122年），金派大将斜也统率精兵攻克了辽中京大定府（今赤峰宁

辽代海棠纹三彩六棱盘

城），继而趁势进取西京大同，随后西京属地也相继为金占领。

金国建立后，仍采用辽、宋官制。在地方上，州县制与猛安谋克制（猛安谋克是女真族在氏族社会末期的部落联盟组织）并行。设19路总管府，分管各路兵马和居民。东北地区分属北京路、上京路、东京路。阿巴嘎旗是时隶属北京路辖区，女真人在此游猎也就成为必然。

在那仁宝拉格苏木境内，有一处金界壕遗迹。金界壕不仅是女真族维护统治、抵御外敌入侵规模宏大的古代军事防御工程，同时也是我国北方各民族智慧的结晶。

据史料记载，金界壕始建于金太宗天会年间，即1123年开始修建，直到1198年前后才最终建成。经过了八百多年的风雨沧桑，今天它依然默默地俯卧在茫茫的草原上，不失磅礴之势。金界壕是金王朝留给后人宝贵的文化遗产。

金界壕是随着金、元、宋的军事对峙而产生的。1115年，完颜阿骨打与宋联合推翻了辽，金乘胜南下逐鹿中原。经过多次战役，金终于攻进了宋朝的京师开封府。徽宗、钦宗两位皇帝被俘，宋朝被迫迁都临安府，于是形成了宋、金、西夏三足鼎立的局面。正当金大肆掠夺中原的时候，世居蒙古高原东部的室韦后裔的各个部族乘机兴起，先是塔塔儿部实力最强，成为金朝后方的威胁。金人便在兴安岭

阿巴嘎旗境内的金界壕遗迹

以北的草原上挖界壕，防止塔塔儿人南进。

继而蒙古部在铁木真的率领下崛起。举兵东征西讨，战胜了塔塔儿部统一了周邻的室韦后裔各部。势力范围扩大到大兴安岭一带。金世宗完颜雍便在大定年间（1161—1189 年），于大兴安岭南麓的东北路边境挖掘界壕和兴筑边堡。随之又将界壕向东南方向延伸，在临潢府西北路和西南路北部挖掘了界壕。金既要用兵中原，又不时派遣军队北上抗击蒙古军，但胜少败多。金章宗明昌年间（1190—1196 年），金军遭到弘吉剌部攻击，败退后只好在原有界壕南面另挖一条新界壕，重点防御临潢府北面以及东北方与东北路交界地带，并又在南北交通要道附近的界壕上加筑副壕和副堤。承安年间，金军遭到蒙古军的攻击，临潢府境内的契丹人起事响应，于是，金又一次将界壕南移。蒙古部

元代丝质图腾旗

阿巴嘎旗境内的金界壕走向分布

首领铁木真于 13 世纪初统一了蒙古高原各部，1206 年成为蒙古大汗，尊号成吉思汗。世居在乃蛮部南面的汪古部，一直为金王朝守卫西南路界壕，成吉思汗与汪古部首领阿剌兀思剔吉勿里结为姻亲关系。所以蒙古汗国大军顺利地通过界壕，从汪古部管辖的东胜州（今内蒙古托克托县）渡过黄河，直捣关中、河南地带，与自西北路境南下的蒙古军会合。

1189 年，金在蒙古和南宋的两面夹击下，终告灭亡，雄踞一时的金国土崩瓦解，蒙古人占领了金人的首都。

金是我国历史上继辽之后在中原建立统治的少数民族政权。它在

消灭辽之后，又消灭了北宋，基本上统一了北方，这是金的突出贡献之一。

大元帝国雄踞高原

蒙古高原这块热土，孕育了众多民族，也见证了这些民族的兴衰更替。

随着金朝的灭亡，蒙古高原迎来了一个全新的时代。金泰和四年（1204年），铁木真通过战争统一了蒙古高原各部落。金泰和六年（1206年）春，铁木真被各部落推举为"成吉思汗"，在漠北建立政权，史称"蒙古汗国"或者"蒙古帝国"。从此，蒙古高原结束了长期混战的局面。

元朝时期，阿巴嘎旗隶属上都路，是元朝中央直属行政建置，属中书省管辖，辖一府六州十五县，范围跨今北京、河北、山西和内蒙古。

蒙古立国后实行的是两都巡幸制。1267年，元世祖忽必烈"始于燕京东北隅，辨方位，设邦建都，以为天下本"。1271年正式建国号"元"。第二年定今北京为元大都。元上都在内蒙古锡林郭勒盟正蓝旗境内，始建于1256年。两都皆是元朝政治、经济、军事、文化的中心，也是元朝及蒙元文化的发祥地。元朝的历任皇帝在这里处理国事，接受外国使节和蒙古宗王的朝觐。这一时期的元朝疆域辽阔，国力空前强盛，开创了游牧民族史的新纪元。

统治地位确立后，按照游牧汗国的传统习惯，成吉思汗要封赏大汗诸子、兄弟和功臣。于是，按成吉思汗兄弟事前的商定，"取天下了呵，各分土地，共享富贵"，以实现他们对广袤草原的统治。

成吉思汗的同父异母弟别力古台在首次分封中，分得克鲁伦、斡难两河中游和语勒扎河流域，形成也可部。此后，蒙古人又入驻中原，获得大片汉地，成吉思汗又把这些汉地分给诸弟。因为别力古台分封的食邑在广宁路（今辽宁省北镇市），所以别力古台家族首领受封为"广宁王"。

身为庶弟的别力古台能得到成吉思汗如此的封赏，有了属于自己的属民和领地，是与其本人的生活经历、智慧、能力和性格分不开的。

别力古台出生在一个动乱的年代。当时，金朝横征暴敛，定期劫杀蒙古族百姓，还常常挑拨离间，使蒙古各部相互残杀、混战不休。而且，别力古台曾祖父俺巴孩汗被金朝杀害，其父也速该在幼年时也被金朝唆使的塔塔儿部毒死，使得本部百姓纷纷离去，投奔他处。金朝的残酷压迫、祖上的耻辱遭遇、动乱的生活，在别力古台的心里烙下难以磨灭的印记。所以，在蒙金大战中，别力古台奋勇杀敌，威震四方。他为大元帝国的建立立下了赫赫战功，是蒙古汗国的功臣。别力古台其人勇力过人、明敏多智、忍辱耐劳、精通法典、爱护百姓，深受族人的拥戴。所以，成吉思汗赞曰："有别力古台之力、哈撒儿之射，此朕之所以取天下也。"

到了北元时期，元朝的统治者最初一直力图维持在中原时期所推行的"行省""部院"的大一统政策，但最终因为"水土不服"引发了"外来户"（北迁元廷）与"本地户"（本土贵族）之间的长期斗争，甚至引发了大规模、长时期的战乱。最终，天下虽然仍旧归正统汗位继承者——"黄金家族"的巴图蒙克（即

达延汗），但他也不得不抛弃元朝的旧制，向本土文化妥协，于是就有了达延汗分封。

达延汗此举，既是对草原各方势力的存在予以承认，也是一种管理上的强化，并将分封的各部都统一划在黄金家族的名下。

这次分封，别力古台的第十四世孙广宁王毛里孩，分得也可万户，一度控制了北元蒙古汗廷，称霸东蒙古。该部自分封以来，一直游牧于漠北克鲁伦河流域的草原上。期间，阿巴嘎部和阿巴哈纳尔部不断北迁、西迁，锡林郭勒草原便成为他们的游牧之地。

大元帝国辉煌的历史极大地创造了多元文化的繁荣并加强了元与世界各国政治、经济、文化的交流。

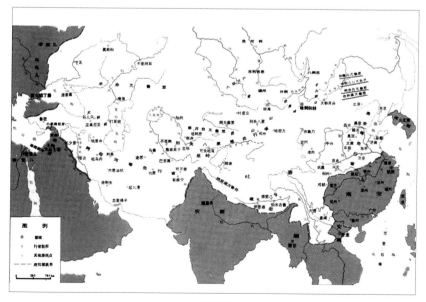

分封图

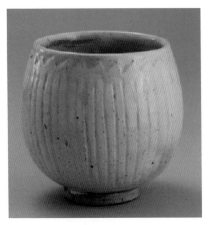

元代菊瓣纹卵白釉碗

在此期间，蒙古文化很好地吸纳了各种文化的有益成分得到了长足的发展。作为元王朝的主流文化，其对中国社会和历史的发展产生了深远的影响，同时也对世界文化的发展和人类文明产生了重大的影响。

元朝后期，统治者不断向人民收取名目繁多的赋税，人民负担日益加重，同时，社会道德沦丧、贪腐成风、淫乐成灾，百姓生活在水深火热之中。加之统治阶级内部斗争激烈，内讧不断，于是各地起义军纷纷揭竿而起，反抗元朝统治者。随着起义军势力的不断壮大，元朝加速走向灭亡。1368年，在北伐南征的一片捷报声中，朱元璋正式登基，定国号为"明"，建元"洪武"。

元朝崩溃北元抗争

元朝失去对中原的统治后，中国历史开始了北元与明朝对峙的时期。这一时期阿巴嘎旗隶属察哈尔万户地。

1370年，明军攻陷应昌，北元昭宗爱猷识理答腊率部迁至大兴安岭以北，即东道诸王的领地，把蒙古高原东部地区作为根据地，汗廷则驻于别力古台领地。北元企图依靠东道诸王各部兵马力量，同明军周旋。此后，汗廷与东道诸王的关系日益密切。

据《大黄册》记载，这时的毛里孩王的势力逐渐发展起来，并进入蒙古汗廷参与政事。与此同时，威震一时的卫拉特部首领也先被属下阿剌知院弑杀后，喀喇沁部首领孛来又兴兵杀败阿剌，卫拉特部开始衰败。这一结果改变了自脱古思帖木儿大汗死后蒙古大汗被卫拉特部控制的局面。黄金家族的复兴出现了转机。与此同时，毛里孩王在蒙古汗廷政治中发挥着越来越重要的作用。

毛里孩联军打着为大汗复仇的旗号，获得了多方的支持。最后击败孛来的军队，并将其击杀，取得了最后的胜利。期间，毛里孩派使臣前往兀良哈三卫，命令三卫人马"分掠开原、抚顺、沈阳、辽阳等处"。毛里孩垄断了与明朝通贡互市的利益。

1454—1468年，毛里孩一直是左右东蒙古政局的主要人物，势力非常强大。为此，毛里孩所部就有

毛里孩巴图尔王

了也可万户，即"大万户"的部名。毛里孩死后，也可万户的势力并未遭到太大的削弱。不久，其子斡赤来成为也可万户的新领主。据《明宪宗实录》记载，由于斡赤来与仇人孛罗乃相互仇杀，曾一度率领也可万户向西迁徙，不时骚扰明朝边境。史书称"阿罗出掠，边人以为向导，因知河套所在，不时出没，遂为边境门庭之害"。（《明史纪事本末》卷58）此为北元蒙古诸部入据河套之始。

因为河套地区东与山西毗邻，西与宁夏相连，南与陕西接壤，战略地位十分重要，蒙古诸部占据河套可长驱直入明朝腹地，对明朝北疆的防御十分不利。自此以后，宣大、

延绥、宁夏等地烽烟不息。

毛里孩儿子是斡赤来，斡赤来的儿子为巴延诺颜，巴延诺颜的儿子叫巴雅斯呼，巴雅斯呼有二子，长子诺密特，次子塔尔尼。也可万户再一次分封后，诺密特部为阿巴哈纳尔部，塔尔尼所部为阿巴嘎部。两兄弟生活在16世纪初到中叶。

达延汗最初分封子孙时，其幼子格埒森扎分封到喀尔喀万户，当时的牧地只限于哈拉哈河两岸地区。16世纪上半叶，兀良哈万户叛乱被镇压后，其牧场被瓜分。喀尔喀万户占据了兀良哈万户的大部分属民和牧场，并开始向蒙古高原西部扩张。格埒森扎1548年去世时，喀尔喀牧地已经延伸至克鲁伦河地区，与别力古台后裔也可万户的牧场相接。两部维持着友好关系。

随着喀尔喀部的不断壮大，阿巴嘎部、阿巴哈纳尔部的部分属民融入到了喀尔喀部中。这也是1686年扎萨克图汗和车臣汗在盟会上对阿巴哈纳尔归属之争的根本原因。

设置建旗世袭王权

到了清朝，盟旗制度已经建立，阿巴嘎旗隶属锡林郭勒盟管辖。

17世纪初期，努尔哈赤的后金政权兴起，为了扩大势力，努尔哈赤利用各种手段威胁和拉拢蒙古各部。蒙古大汗林丹汗对后金的图谋

极为不满，林丹汗试图统一蒙古各部。这个时期，阿鲁科尔沁、翁牛特等东道诸王后所部，为了躲避林丹汗的进攻纷纷归附后金。而游牧地更靠北的阿巴嘎部、阿巴哈纳尔部仍然留居漠北。林丹汗的行动受到后金军队和附金蒙古军队的两面夹击，最后他难以支撑，遁走西海（今青海地区），不幸于1634年去世，其统一事业宣告失败。

1635年5月，皇太极得知林丹汗的正宫囊囊太后有归附后金之意，立即派出多尔衮、岳托、萨哈廉、豪格率军前往迎接。后金大军在西喇朱尔格与囊囊太后相遇，太后率一千五百户部众前来归降。多尔衮派温泰等大臣护驾前往盛京。

囊囊太后名娜木钟，姓孛儿只斤。出生于阿巴嘎部，是该部额齐格诺颜之女，生有林丹汗次子阿布奈。为了怀柔察哈尔，皇太极收囊囊太后为麟趾宫贵妃，优加礼遇。

皇太极迎娶蒙古已故林丹汗后宫夫人囊囊太后和窦士门太后，遵循了北方民族"收继婚"的习俗，是以向蒙古众部宣示代替蒙古大汗之意，同时也是后金政权执行满蒙联姻政策的继续。

察哈尔部林丹汗的两位夫人都出生于阿巴嘎部，大汗去世后先后嫁给了后金的最高统治者，从此阿巴嘎部与后金以及后来的清朝一直保持着密切的联姻关系。

除囊囊太后、窦士门夫人外，

娜木钟囊囊

窦士门哈屯

1647年（顺治四年）摄政王多尔衮娶阿巴嘎部都思尔之女，同年，皇太极与囊囊太后所生第十一女嫁阿巴嘎部噶尔玛索诺木台吉。

阿巴嘎、阿巴哈纳尔部自从依附喀尔喀车臣汗部以后，遭到了车臣汗部的蔑视和欺压，寄人篱下的遭遇逐渐激起了民怨，加之受到阿巴嘎部出身的两位夫人与后金联姻关系的影响，从1632年（天聪六年）至1666年（康熙五年）之间大部分阿巴嘎部、阿巴哈纳尔部先后在诸台吉率领下自克鲁伦河南迁至锡林郭勒草原，投附了清朝。

1632年（天聪六年），阿巴嘎部台吉黑塔达楚呼尔率500人归附后金。1635年（天聪九年），后金大军平定察哈尔后，别力古台第二十二世孙都思噶尔呈书附后金。1638年（崇德三年），别力古台第二十世孙额齐格诺颜多尔济派台吉乔尔吉向清朝皇帝献马匹、貂皮，上奏请求归附。1639年（崇德四年），额齐格诺颜多尔济与同一部落的达尔汗诺颜多尔济再次向清朝请求归附。1641年（崇德六年），清廷封额齐格诺颜多尔济为照日格图郡王，世袭罔替，管辖阿巴嘎右旗。1646年（顺治三年），清帝封阿巴嘎左旗达尔汗诺颜多尔济为旗达尔汗贝子，世袭罔替。同年阿巴嘎右旗首次受封的照日格图郡王色

额齐格诺颜多尔济

日吉勒攻打反叛军苏尼特部唐格斯立功，清帝赐其达尔汗封号。1651年（顺治八年），都思噶尔率部归附清朝，被封为扎萨克郡王，世袭罔替，掌管阿巴嘎左旗。1659年，阿巴嘎沙格扎森格郡王部因贫困，清廷赐马100匹、牛50头、羊1000只。1666年，别力古台第二十一世孙阿巴哈纳尔右部策楞墨日根率众归清，清廷命阿巴

都思噶尔巴图尔

策楞墨日根贝勒

嘎部将牧地西迁，把旧牧地给阿巴哈纳尔部。

阿巴嘎部、阿巴哈纳尔部还有一部分既没有投金，也没有附清，他们永远留在了喀尔喀部，成为属民。直到今天，在蒙古境内仍然生活着很多阿巴嘎、阿巴哈纳尔人。

附清后，阿巴嘎、阿巴哈纳尔部被朝廷编为阿巴嘎左旗、阿巴嘎右旗和阿巴哈纳尔左旗、阿巴哈纳尔右旗。隶属锡林郭勒盟。

阿巴嘎左、右旗的旗界为：张家口外至京师千五十里，东西距二百里，南北约二百有十里，东界阿巴哈纳尔，西界苏尼特，南界察哈尔正蓝旗牧场，北界瀚海。

阿巴哈纳尔左、右旗的旗界为：在张家口外至京师五十里，东西距百八十里，南北距四百八十六里，东界浩齐特，西界阿巴嘎，南界察

哈尔正蓝旗牧场，北界瀚海。

阿巴嘎左旗设置于1651年（顺治八年），第一任扎萨克为都思噶尔。阿巴嘎右旗设置于1641年（崇德六年），俗称"小阿巴嘎"。第一任扎萨克为额齐格诺颜多尔济（囊囊太后的父亲）。

阿巴哈纳尔左旗设置于1665年（康熙四年），俗称东阿巴哈纳尔。首任扎萨克栋伊思喇布，是诺密特的曾孙。1665年（康熙四年），率所部2000余人从喀尔喀车臣汗部移居锡林郭勒草原，投附清朝。阿巴哈纳尔右旗设置于1667年（康熙六年），俗称西阿巴哈纳尔。该旗第一任扎萨克为策楞墨日根，是栋伊思喇布之兄。1666年（康熙五年），率所部1300余人从喀尔喀车臣汗部南迁至阿巴嘎右旗境内，投附清朝。

清康熙年间，准噶尔部噶尔丹进犯喀尔喀，四旗派骑兵参加了朝廷与噶尔丹的作战。几经交战后，噶尔丹穷途末路，饮药自尽。在噶尔丹挑起了对外喀尔喀的战争时，1688年（康熙二十七年），土谢图汗率部众十几万人奔向漠南，投奔清朝中央政府，请求给予保护。康熙皇帝答应了他们的请求，把土谢图汗部安置在苏尼特、阿巴嘎界内。四旗为了减轻外喀尔喀兄弟的危难，毅然让出最好的牧场，安置外喀尔

喀牧民，并提供力所能及的物资来赈济入驻的外喀尔喀民众。这为外喀尔喀归顺清朝创造了有利的条件。到噶尔丹自尽，喀尔喀部牧户返回故地，喀尔喀人已经在阿巴嘎的牧场上借住了近十年的时间。

1693年（康熙三十二年），外蒙古乌梁罕部的部分牧户，在台吉班迪的带领下，南迁归附清朝，朝廷把他们也并入阿巴嘎左旗。

1715年（康熙五十四年），阿巴嘎遭重灾，清廷拿出贮存的粮食

赈灾，并对损失了牲畜的台吉们予以扶持。是年，阿巴嘎左旗继任郡王的沙格扎僧格的二子德穆楚克被封为护国公。1722年（康熙六十一年），受封镇国公，1724年（雍正二年），又被封为旗贝子，并赐予达尔汗称号。1725年（雍正三年），德穆楚克去世后，其子乌力吉图继承父位（护国公）。1730年（雍正八年），以拉布莫嘎拉桑杰勒庆为首的喇嘛将原保日呼硕诵经会迁到扎恩呼硕，建起了昌图庙（今阿巴嘎旗查干淖尔镇境内）。1732年（雍正十年），阿巴嘎左旗第五代郡王苏那木拉布坦晋升为锡林郭勒盟副盟长。1734年（雍正十二年）任盟长，1755年（乾隆十二年），被赐为亲王。1892年（光绪十八年），阿巴嘎左旗杨森王被任命为锡林郭勒盟盟长，1900年（光绪二十六年），阿巴嘎左旗杨森王代表锡林郭勒盟供给满

康熙赐予阿巴嘎左旗的瑞兽钮扎萨克银印

《蒙古文字诠释金鉴》

洲军队1000匹马，受到皇帝的赞赏，加封为世袭呼硕亲王。1903年（光绪二十九年），阿巴嘎右旗安班管旗拉木苏荣所著的语言名著《蒙古文字诠释金鉴》在昌图庙用木板印刷并出版。

自清朝设旗以后，别力古台后裔统治的部落，一直游牧在锡林郭勒大草原上。在归附清朝的200多年间，阿巴嘎左旗、阿巴嘎右旗、阿巴哈纳尔左旗、阿巴哈纳尔右旗，

相对比较安宁，人口、经济、文化都有了一定的发展。

近代风云

民国是中国历史上一段重要的时期，在20世纪前半叶产生了深远而持久的影响。

阿巴嘎左、右旗及阿巴哈纳尔左、右旗在1914年至1928年期间由察哈尔省管辖。

1914年农历二月二日，现克什克腾旗达尔汗乌拉南麓的楚古兰庙被袁世凯的部队焚毁，该庙的300多名喇嘛迁至阿巴嘎左旗的杨都庙（今阿巴嘎旗洪格尔高勒境内）。1921年7月初，蒙藏事务处副主任卓特巴扎布带领1000多人，袭击叛逃喀尔喀的牧户，收回3000多匹马，交给了陆军部。是年冬，卓特巴扎布把从蒙古达里岗嘎逃来的40户牧民安顿在昌图庙附近。（1945年蒙古红军返回时将这些牧民全部带回）1925年，阿巴嘎右旗洪格尔庙举行了雄努敦德布继承王位的塔木根大会。1928年9月，西藏班禅额尔德尼活佛来阿巴嘎讲经。10月4日，杨森王又派西浩齐特扎萨克郡王桑杰道尔吉为首的欢迎团到哲里木盟科尔沁右翼前旗的图来图庙，将班禅额尔德尼请到班智达葛根庙（即贝子庙，位于锡林浩特市）过冬。

1937—1946年阿巴嘎左、右旗，

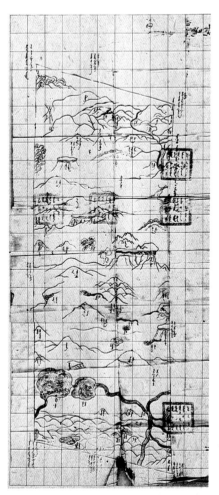
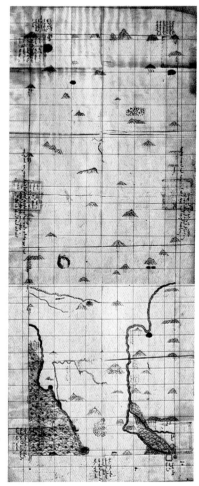

清代阿巴嘎左、右旗地图

阿巴哈纳尔左、右旗为伪蒙疆政府统治。日本侵略者疯狂掠夺畜产品资源，阿巴嘎草原满目疮痍，人民饱受苦难。

1933年7月26日，在乌兰察布盟百灵庙召开了"第一次内蒙古自治会议"，阿巴嘎右旗扎萨克雄努敦德布、旺吉拉都统（安班）、贺其勒图、其丹扎布及阿巴嘎左旗贡桑协理、敏珠尔等参加了会议。

1937年10月28日，德穆楚克栋鲁普在归绥（今呼和浩特）召开"第二次蒙古大会"，出席此会的阿巴嘎四旗的有雄努敦德布、布德巴拉、毕力贡苏荣。

1938年春，蒙古士兵夜袭驻扎在阿巴嘎左旗明图布庙的近30名日伪军，大获全胜。7月1日，在"第三次蒙古大会"当选为"蒙古联盟自治政府"主席的德穆楚克栋鲁普

杨都庙——朝格钦殿

任命阿巴嘎右旗扎萨克雄努敦德布为保安部长。

1939年，阿巴嘎右旗第一所小学在洪格尔庙建立，当时仅有几顶蒙古包做教室，招收了三四十名学生，主要教授蒙古语和算盘。1941

年，阿巴嘎右旗的毕凌格音西热成
立了女子学校，招收了三四十名学
生。1943年，阿巴嘎右旗在宝格都

乌拉成立了第一个供销社。供销社
以从各苏木牧户中征集的5000头大
畜和10000只小畜为资本，出售后

换取布匹、粮食、烟茶等商品，来满足牧民的生活所需。1945年，苏蒙红军撤离阿巴嘎旗，阿巴嘎右旗有105户牧民、近70000头（只）牲畜随之迁移到蒙古，阿巴嘎左旗也有16户牧民迁到蒙古。

1946年春，内蒙古自治联合会首次派出以共产党员为骨干的工作组来到阿巴嘎旗开展工作，建立了民主政府，草原的贫苦牧民从此打破了封建剥削的桎梏，获得了解放。1948年5月，在阿尤勒亥庙举行了有1000余人参加的批判大会，会上将牧主、贵族的牲畜、财产分给了贫苦牧民。从此，广大牧民成为草原的主人，封建王公世袭罔替的专制制度彻底结束。

名士高贤

HUASHUONEIMENGGUabagaqi

名 士 高 贤

MINGSHIGAOXIAN

阿巴嘎，一个古老的蒙古部落，自叱咤天下的先祖到功世泽长的贤哲，此方热土英才辈出，共同演绎了一幕幕经典传奇。

宗王别力古台

别力古台约出生于1165年，卒年不详，为蒙古乞颜部孛儿只斤氏，是蒙古部首领元烈宗也速该第五子，太宗成吉思汗（铁木真）同父异母弟，蒙古汗国资政功臣。

《元史》记载："宗王别力古台者，烈祖之第五子，太祖之季弟也。天性淳厚，明敏多智略，不喜华饰，躯干魁伟，勇力绝人"，故以"搏可别力古台"著称。

成吉思汗称帝后高度评价别力古台为汗庭作出的卓越贡献，曾经有言："有别力古之力，哈撒儿之射，此朕之所以取天下也。"

1189年，铁木真被推举为成吉思汗，命别力古台掌从马之职。1202年，别力古台为蒙古首位也客札鲁忽赤那颜，即大断事官。1206年，成吉思汗建立蒙古汗国，为黄金家族分封时，立别力古台为

国相，封地为鄂嫩河、克鲁伦河之间，领蒙古百姓1500户。1215年，别力古台率领大军平息辽东叛乱，并镇守此地。领广宁路、恩州二城百姓11603户。1236年，窝阔台汗赐别力古台"广宁王"尊号，加赐信州路及铅山州18000户。

成吉思汗去世后，别力古台

别力古台

31

仍为汗庭鞍前马后，在窝阔台、贵由、蒙哥等大汗即位的贵族大忽里力台（贵族会议）上，以东部诸王之一的身份参加。

传说别力古台年寿过百，子孙有八百户之多，今阿巴嘎部和阿巴哈纳尔部众是别力古台的后裔。

宗王轶事

铲除异己 主儿乞部的不里孛阔是铁木真的一个族叔，气焰嚣张，扬言要做蒙古部落大汗。在一次乞颜部和主儿乞部举行的宴会上，不里孛阔袒护被别力古台抓获的盗取马缰绳的人，还砍伤了别力古台的肩胛，别力古台身受重伤，但为两部刚刚建立起的联盟关系着想，未做深究。

1196年，铁木真约请主儿乞部一同攻打宿敌塔塔尔部，主儿乞部不但不参加反而趁铁木真攻打塔塔尔之际掳掠其后营。不里孛阔鲁莽的行为终于招来了灾祸。一天，铁木真让不里孛阔与别力古台摔跤。不里孛阔本是主儿乞部有名的力士，但是，摔跤时他惧怕铁木真的威严，被别力古台轻易摔倒在地。别力古台用肩膀压着他的臀部瞟了一眼铁木真，铁木真咬了咬下唇。别力古台心领神会，便骑在不里孛阔腰间，从臀部和胸部用力一折折断了他的腰，由此，别力古台以蒙古族特有的博克方式，铲除了宿

铲除异己

敌，更加巩固了铁木真的大汗地位。

建言献策 1204年，铁木真在帖蔑延客额儿（今哈拉哈河）召集忽里力台会议，商议抵御乃蛮部放言要来夺取弓箭、部众的战事。

众部众都说春天马瘦，应该避其锋芒，待到秋天马膘肥体壮时才可迎敌。别力古台说："弓箭乃是我们活着时候的伴当，若被人夺走了，活着有什么意思。男人若死了，与弓箭一同躺在那儿岂不是更好。如今乃蛮自恃国大部众多，口出狂言，我们趁此机会出兵，夺其弓箭有何难？趁此机会出兵，他们的马群岂不是安然撇下？他们的帐房岂不是放空抛下？他们的百姓岂不是皆遁入山林？听了乃蛮人的大话我们怎能按兵不动呢？"别力古

台极力建议，趁着乃蛮轻敌之际出兵迎战。

铁木真采纳了别力古台的建议，立刻整军，使用玄囊之阵迷惑敌人，结果大获全胜，兼并了乃蛮部。

别力古台寰椎骨 别力古台寰椎骨已有700多年的历史。相传，公元13世纪供奉于漠北。元朝忽必烈汗时期供奉于上都城。到了17世纪，奉迎至海音哈日瓦庙（阿巴哈纳尔右旗旗庙，始建于1726年）进行祭祀。《蒙古民族传统习俗通鉴》记载："别力古台信奉是蒙古民族传统信奉之一，蒙古许多地区都曾祭祀着别力古台。"

有关别力古台寰椎骨的来历，在民间传说中有两种说法。一种是14世纪中叶，元末蒙古贵族向北逃亡途中，将别力古台寰椎骨寄放于今天的阿巴嘎；另一种说法是先祖的后裔在17世纪中叶内迁附清时，由今蒙古国鄂嫩河畔，随先祖别力古台的灵柩一道迁徙至阿巴嘎草原，并安放在日后建成的海音哈

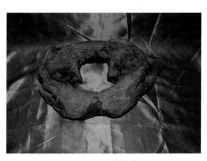

别力古台寰椎骨

日瓦庙供后代子嗣朝拜。历经磨难后，先祖寰椎骨现珍藏在别力古台祭祀宫。依据阿巴嘎民间习俗，当地略有名气的搏克手去外地比赛时，都要虔诚地祭拜象征力量、雄壮、威猛、智慧的别力古台寰椎骨，祈祷先祖赐予神力和智慧，增加胆气。

威震岭西
——毛里孩巴图尔王

毛里孩，生年不详，卒年约为1469年，别力古台第十四世孙。

毛里孩是在北元巴图孟克达延汗之前，活跃在蒙古历史舞台上的一位卓越的政治家和思想家，其势力不断扩大，威震岭西。

15世纪中叶，在蒙古汗庭争权夺势之际，毛里孩首先拥立马儿古儿吉思为汗。但马儿古儿吉思于1465年被权臣孛来杀死。同年，毛里孩率兵杀掉孛来，立马儿古儿吉思可汗的异母兄摩伦为可汗。1466年(明成化二年)初，毛里孩驱使朵罗干等朵颜三卫首领分掠明朝开原、沈阳、辽阳等地，三卫尽为毛里孩统辖，其势力盛极一时。毛里孩命泰宁卫可台为知院，朵颜卫朵罗干为太尉、脱脱阿为右丞，福余卫可台为知院，三卫的头目均做了摩伦汗廷的重要官员。同年6—8月，毛里孩受鄂尔多斯的孟克和高丽的和

毛里孩巴图尔王

托卜罕挑拨，误杀摩伦汗，酿成悲剧。此后，东部蒙古朝政由毛里孩一人把持。

1467年，毛里孩3次致书明朝要求通贡互市；4月，毛里孩与驻牧于鄂嫩河的科尔沁乌纳博罗特部齐王孛鲁乃联合起来，遣使臣咩勤平章等至北京朝贡。1468年，哈撒儿的后裔孛罗乃王兴兵杀了毛里孩子弟七人，后毛里孩"兵败遁逃，困渴而死"。

毛里孩死后，也可土蛮（大万户）的势力并未遭受太大的削弱。不久，毛里孩之子斡赤来成为也可土蛮的统治者。他拥有"扎萨克图"的称号，这是大的万户首领才能拥有的尊号，阿巴嘎部落此时已经形成了也可土蛮，在斡赤来的统

领之下也很强大。

部落名媛
——娜木钟哈屯

娜木钟（约1609—1674年），阿巴嘎部额齐克诺颜多尔济之女，蒙古末代大汗林丹呼图克图多罗大福晋，清太宗皇太极的贵妃。哈屯为王后之意，史籍亦称"囊囊"，实为汉音之"娘娘"。林丹汗病逝，蒙古汗朝解体不久，于天聪九年（1635年），时年27岁的娜木钟率一千五百户部众归降后金皇太极，皇太极举行隆重仪式迎接并娶娜木钟为皇妃。翌年，皇太极称帝，立娜木钟为西宫贵妃，居麟趾宫，其位在东宫宸妃之下封宸妃。当年，生皇十一女固伦公主，下嫁噶尔玛索诺木台吉。1641年生皇十一子博

娜木钟哈屯

穆博果尔（襄亲王）。1652年（顺治九年），尊封"懿靖大贵妃"。

毋庸置疑，归降的娜木钟为皇太极带来一大笔财产：部属众多，牲畜不在少数，还有无数的珍宝财物。更重要的是，娜木钟曾经是林丹汗的妻子，有高贵的身份。尽管林丹汗是皇太极的对手，但皇太极内心深处羡慕林丹汗高贵的血统，羡慕蒙古祖上建立过横跨欧亚的大帝国的辉煌，羡慕他们曾入主中原建立元朝。出于政治上的需要，皇太极接纳了娜木钟，并大力倡导满蒙联姻，从此，后金贵族与蒙古王公遵旨联姻蔚然成风。

正是有了这种满蒙联姻关系，17世纪中叶，阿巴嘎部族众在别力古台第二十世孙额齐克诺颜多尔济（娜木钟之父）带领下，从故土鄂嫩河、克鲁伦河流域先期南迁投靠娜木钟，随后几年里，阿巴嘎部落、阿巴哈纳尔部落的其他叔伯率部众迁徙至现居地游牧生息，所辖区域几经合并，最终形成了现在的阿巴嘎旗。

一代国师
——阿格旺丹丕勒

阿格旺丹丕勒（1700—1780年），原阿巴哈纳尔左旗华努德左苏木（今阿巴嘎旗伊和高勒苏木乌力吉图嘎查）人，岱喇嘛庙（实济寺）第二世活佛。18世纪著名翻译

阿格旺丹丕勒

家、杰出诗人、藏学家、医学家，精通藏、蒙古和梵文，享有"达尔汗席力古锡"的荣誉称号。

乾隆六年（1741年），他亲自执笔编纂《藏蒙标准分类辞典》（也称《智慧之鉴》），仅用一年时间就脱稿出版，为准确地把佛教大乘之一的《读番藏经》（《丹珠尔》）翻译为蒙古文打下良好基础。

1742—1749年，他又与章嘉活佛若毕多吉、噶尔丹席垿图活佛罗藏丹碧尼玛等9位翻译家奉敕组织译经人员并主译、审定《丹珠尔》的工作。他翻译了《丹珠尔》的第八十四、八十五、八十六、八十八、一三四、二二〇、二二二共计七卷的蒙古文翻译，其中有迦梨陀娑的诗文

以及声明学部分。清乾隆帝御赐阿格旺丹丕勒"大国师"称号，在蒙古语中音变为"岱固什"，因此史书又称其为岱固什·阿格旺丹丕勒。另外，他还翻译了藏文文献《达赖喇嘛罗藏噶桑嘉措传》《章嘉活佛若毕多吉先祖传说》《月亮布谷传》《达尔玛朗嘎达赐予昭阿提沙沙的修习剑轮》等诸多著作。他还著有《新娘拜火词》《蒙古包祝词》等民俗诗文。

语言学家
——拉木苏荣

拉木苏荣（1852—1913年），原阿巴嘎右旗台吉纳尔苏木（今查干淖尔镇）人。

拉木苏荣从小就读于私塾，青年时代在旗衙门先后任见习笔帖式、笔帖式、参领、总管等职。中

《详解蒙古文文法金鉴》

年痛恨官场争斗，辞官回乡务牧。

拉木苏荣针对当时蒙古文书写规则方面的一些混乱现象，以自己的学识，在研究、借鉴前人学术的基础上，对于蒙古文字的正字、正音规范使用方面和辅音与充音结合的规律做了解释，并于清光绪二十九年（1903年）汇集成书，在阿巴嘎右旗昌图庙木版印刷了少量的《详解蒙古文文法金鉴》，供人们学习使用蒙古文字启蒙之需，这对当时蒙古文书面语的统一与规范起到了重要的作用。拉木苏荣的《详解蒙古文文法金鉴》一度以手抄或刻印形式流传于内蒙古和外蒙古。珍藏于昌图庙的《详解蒙古文文法金鉴》在"文革"中被焚毁。

国内现存拉木苏荣《详解蒙古文文法金鉴》木版或铅印本有三

拉木苏荣

种：1903年阿巴嘎右旗昌图庙木版本，1943年与1944年张家口蒙疆政府印书馆铅印本。蒙古国现存1903木刻版本和1913年铅印版本，阿巴嘎旗档案局现存1903木刻版本残本。

拉木苏荣的文学造诣颇深，他还著有《宇宙》《奶酒颂》《夏日塔拉颂》等诗篇，这些诗于三四十年代以手抄本形式在民间广为流传。

爱国明贤
——嘎拉桑热布华

嘎拉桑热布华（1894—1986年），原阿巴嘎右旗查干淖尔苏木（今查干淖尔镇）人。1906年，被认定为昌图庙（崇恩寺）转世堪布喇嘛之活佛，法名嘎拉桑热布华扎木苏，入庙坐床主持佛事。1915年，赴青海安多拉卜楞寺深造。1919年，他逃出拉卜楞寺，在鄂尔多斯查干察布其尔庙为一个名叫贡桑的章京放骆驼。1920年，他自愿参加"独贵龙"组织，多次参加民众的秘密会议。1923年，阿巴嘎右旗王爷派人将他带回原庙。1930年，他再次离开昌图庙，回到自己家从事牧业生产。到了1945年，他已拥有500多匹马、900多只羊、300多头牛、50多峰骆驼，是远近闻名的富裕大户。

1947年，阿巴嘎右旗扎萨克郡王雄努敦德布与关鹏活佛叛变时，胁迫嘎拉桑热布华一起叛逃，他坚决不从。此后，他给民主政府秘密传送敌方情报，为过往干部战士更换乘马，提供食宿，为消灭土匪做出了积极贡献。

1951年，他捐献了7头牛做成的犍牛肉肉干和500枚银圆，支援抗美援朝。1952年，他担任了保卫世界和平锡林郭勒盟宗教界爱国人士协会副主任，1955年被选为政协锡林郭勒盟委员会委员。

1958年，他以自己的牲畜为基础，建立公私合营的巴彦德力格尔牧场，任副场长。

嘎拉桑热布华虽然在"文革"中被打成为"牛鬼蛇神"，身心受

嘎拉桑热布华

到严重摧残，但也没有动摇对养育他的这一片草原的热爱，他始终关心着家乡、关爱着草原。平反后，1978年，他把落实政策补发的1.1万元全部交给生产队用于棚圈建设。1982年，他把祖传的历史珍品青铜器上交文物部门收藏。1985—1986年，他先后向苏木小学、旗孤儿院捐款5700元。

作为宗教界民主人士，嘎拉桑热布华一生中不断地为家乡的建设，做着力所能及的贡献。在诵经念法的同时，他也祈祷着草原风调雨顺，祝福着家乡兴旺发达。

1986年，嘎拉桑热布华因病去世，终年92岁。

虎胆英雄——丹增

丹增（1921—1987年），生于蒙古国苏赫巴托尔省达里甘嘎。1929年随外祖母和姨妈迁至阿巴嘎旗阿日苏木（今巴彦图嘎苏木）定居。

1946年，26岁的丹增参加了革命，在党的培养下成长为一名革命干部。1949年3月，被任命为中部联合旗四佐（今巴彦图嘎苏木）佐长。

当时，革命政权还未稳固，土匪残余垂死挣扎，冲击建立不久的革命政权机关，各地经常发生抢掠、复仇事件。同年3月9日，正当丹增同志为召开第一次小组组长会议，商讨组织群众防范土匪、巩固

革命政权、建设家园做准备工作时，得到土匪逃窜到辖区的消息，即刻周密部署，组织人员围堵土匪。当天晚上，他住在一户牧民家里，黎明时，丹增同志遭到一股匪徒的袭击并被抓捕，携带的"七九式"步枪和70发子弹也落入土匪手中。丹增被捆绑逼供，在荒郊野外惨受一天一夜的折磨。丹增同志非但没有泄露任何党的机密，而且寻找机会，趁着匪徒打黄羊、烧茶煮肉之际，策反了被迫给土匪牵马的牧民沙格德尔，一起缴获匪徒轻机枪一挺、"三八式"步枪两支、子弹若干，急速乘马逃脱。并在沿途向牧民积极分子布置了组织人员围堵活抓土匪的任务。当他骑着骏马飞驰到旗保安队驻地报告情况，带

丹增

领官兵返回事发地时，当地牧民已生擒匪首温都尔呼及达布、海萨木腾等。锡林郭勒盟人民政府奖励丹增"三八式"步枪一支、子弹100发。他赤手空拳英勇夺枪的"虎胆英雄"事迹在草原上到处流传。1953年10月，丹增加入了中国共产党。1955年调苏尼特右旗任生产合作部部长、公私合营牧场场长等职。1961年调回阿巴嘎旗任巴彦图嘎苏木党委书记、旗农牧部部长等职。1977年任旗政协副主任。1979年任旗统战部部长。1980年7月，政协阿巴嘎旗第一届委员会成立时当选为副主席。翌年与他人合作，组织人员编纂《阿巴嘎四旗近代史资料》。

1987年，丹增逝世，终年66岁。

独占鳌头——跤王乃登

乃登（1940—1989年），原阿巴哈纳尔旗白银库伦苏木人。他自幼勤奋好学、聪明伶俐，1950年，他到锡林浩特市读书。从1953年起，他开始参加少年组搏克赛事，相继夺得了五个冠军、一个亚军，初步展现了他的摔跤天赋。

1960年，在锡林浩特市举办的全区青年组中国式摔跤比赛中，乃登一举夺冠，后被选入呼和浩特市体校摔跤班，开始接受系统的摔跤训练。1963年，他获得全区中国式

跤王乃登

摔跤赛第二名。1965年，他在北京举办的第二届全运会中国式摔跤比赛中获得铜牌。1977年，他在阿巴嘎旗体委参加工作，当年，阿巴嘎旗恢复了中断多年的摔跤训练，乃登出任摔跤教练职务，把个人多年积累的丰富经验和实战技巧传授给年轻的摔跤手。当年首批32名学员中，就有后来著名的古日扎布、哈斯巴特尔、敖·达木丁、陶布等摔跤健将。

乃登为人正直，跤风正派，品质高尚。他曾经一个人怀揣镶银马嚼，多次单骑奔赴其他旗县参加那达慕比赛，目的就是拿冠军、牵骏马（奖）。当地博克手也暗暗涌动，为保头奖不失，纷纷使出浑身

解数轮番上阵与之搏技，奈何都不是他的对手，只得望其折桂，领奖牵马，佩服至极而送绰号"不倒翁"。在锡林郭勒草原上，乃登一度称雄一方，牧人无不竖指称赞，青年牧民更是把他当作心中崇拜的英雄。

1989年，一代搏克健将乃登英年早逝。

1991年，阿巴嘎旗党委、政府追授乃登"跤王"称号。

草原学者——高·吉穆彦

高·吉穆彦（1920—1996年），别名仁钦，是阿巴嘎右旗西苏木（今查干淖尔镇）人。

高·吉穆彦七岁时得到章嘉呼图克图赏识，被选为班智达活佛

高·吉穆彦

的陪童，一同向大师杨宗道仁巴堪布学习藏文、绘画等知识。1930—1932年，在葛根庙、昌图庙继续学习经学。1935年起对佛学产生了厌倦情绪，开始学习蒙古语、日语。1938—1943年，他到张家口蒙疆学校学习。

1945年，他参加革命，在晋察冀边区冀察军分区多伦政治处任干事。

1947年，调到中共锡察巴乌工委（当时设在贝子庙），接受《牧民报》（后与察哈尔《生产报》合并，成为今《锡林郭勒日报》）的创办任务，在本报工作十一年，历任该报记者、编辑、副总编等工作和职务。期间，先后到锡林浩特蒙校、蒙直机关干部学校教授蒙古语课。1958年，调内蒙古蒙古语文历史研究所，从事民间文学研究工作。高·吉穆彦在"文革"中受到冲击，回到了家乡。1978年恢复工作后，在锡林郭勒盟语委从事《蒙古语文》刊物的编审工作，于1984年离休。

高·吉穆彦精通蒙古文、藏文、汉文、满文和日文，收集整理了大量的珍贵资料，并在文史研究、文学创作、美术创造等方面有很深的造诣。撰写有《关于"阿巴嘎""阿巴哈纳尔"一词》《古应昌府遗址》《关于搏克·别力古台裹椎骨》《辛丑动乱》《著名岱固

什阿格旺丹丕勒》《关于衮布扎布公》《语文学家拉木苏荣》《阿巴嘎部的工匠们》《成吉思汗大纛》《成吉思汗的驿站》《摆整羊术思之规》等蒙古文史、风俗方面的论文；整理出版的书籍有《蒙古民间故事》《锡林郭勒盟文学宝典》等。文学代表作《嘎木拉和他的作品》被编入《蒙古文学精品一百篇》，《全羊宴的规则》入选内蒙古自治区中学蒙古语文教科书，绘画作品《模范罕增》《格日勒和毛赫尔》在中华人民共和国成立初期被制成幻灯片在全盟上映。

一生致力于民族学研究的高·吉穆彦先生在内蒙古学界有着较高的名望，被誉为"草原学者"，其研究成果，对于民族文化传承与发展有着突出的贡献。他是中国美术家协会内蒙古分会会员、中国人民政治协商会议锡林郭勒盟委员会委员、锡林郭勒盟政协文史资料研究会会员、锡林郭勒盟蒙古史研究会会员、第三届锡林郭勒盟文联民间协会副主席。

1996年9月，高·吉穆彦在锡林浩特市病逝。

2015年2月，内蒙古出版集团、内蒙古人民出版社出版发行了高·吉穆彦作品集《湖嘟青册》一书，共收录他的文史研究、传统赞词、新闻报道、诗歌散文、绘画作品和缅怀文章180多篇(幅)，总计61万余字，是研究蒙古历史文化和民俗风情有很高价值的典藏。

民兵楷模——朝伦巴特尔

朝伦巴特尔（1930—2012年），是阿巴嘎右旗（今阿巴嘎旗别力古台镇赛罕图门嘎查）人。

1946年，朝伦巴特尔参加中国人民解放军，曾任班长、副排长。参加了解放察哈尔、锡林郭勒盟、乌兰察布盟、张家口、呼和浩特及包头等地的大小战斗一百多次，为国家独立、民族解放的伟大事业作出了贡献。1951年，朝伦巴特尔加入中国共产党。

1956年，他服从组织安排复员回到家乡务牧。在社会主义建设年代，朝伦巴特尔担任嘎查党支部书记，带领牧民群众积极参加建立互助组、初级合作社、高级合作社与人民公社运动，多次被评为模范。同年秋，在地方党组织、政府和人民武装部的支持下，朝伦巴特尔带头组织本嘎查32名青年成立了民兵排，他担任排长。

1958年，以赛汉图门嘎查民兵排为基础扩建成民兵连，在宝格达乌拉苏木选拔符合条件的青年参加民兵组织，民兵很快从32人增加到120人，其中女民兵20人，朝伦巴特尔任指导员，格日勒图任连长。朝

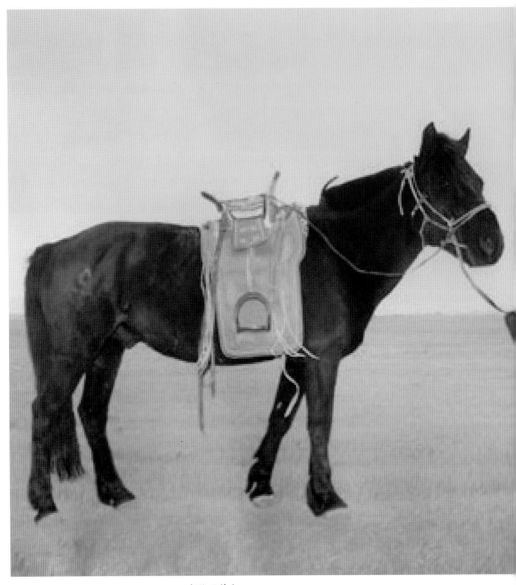

朝伦巴特尔

伦巴特尔根据自己的战斗经验，认为黑色在战斗中隐蔽性较强，不易被发现，再加上当地黑马多，青年人喜乘黑马等特点，将民兵连正式命名为黑马民兵连，并在全旗推广开来。凡有重大的军事活动或执行重要任务，都从民兵连抽调优秀民兵，代表黑马民兵连去执行。

1960年3月份，朝伦巴特尔代表黑马民兵连赴呼和浩特市参加首届全区民兵代表大会。同年5月，参加全国民兵代表大会，受到毛泽东、

获得的最高、最珍贵的褒奖，黑马民兵连这个草原民兵劲旅也因军事作风过硬而闻名全国。后来朝伦巴特尔老人把这支具有历史意义的步枪交由旗武装部保存。

在朝伦巴特尔的带领下，黑马民兵连在保卫边防、教育培训的基础上，积极参加当地生产建设，成为一支作风优良、军事过硬、团结进取的民兵组织。1959年的"八一"建军节，刚组建的黑马民兵连首次在全盟那达慕大会上做骑兵军事项目表演，受到盟党政军领导的好评；同年还参加电影《草原晨曲》的拍摄，以出色的技术和严格的纪律受到摄制组的高度赞扬。

1960年8月，内蒙古军区在锡林浩特市召开牧区民兵工作评比会，黑马民兵连在会上作军事表演，取得优异成绩。10月，八一电影制片厂为黑马民兵连拍摄专题片；1965年8月，黑马民兵连120名民兵拉练到锡林浩特市，参加全盟首届民兵比武大会，在11个项目中，获得7个项目第一名和3个项目第二名。

之后朝伦巴特尔不再担任黑马民兵连的职务，但是他雷厉风行的军人作风和忠心耿耿的报国之情，深深地影响着一代代草原民兵。20世纪70年代至90年代，黑马民兵连常年协助边防部队执勤巡逻，堵卡

朱德、周恩来等党和国家领导人的亲切接见。告别时，毛主席握住他的手亲切地说："要是我去你们黑马民兵连，你们要不要啊！"其后，周恩来总理亲自授予他一支半自动步枪，是阿巴嘎旗"黑马民兵连"

验证，多次捕获潜入我国境内的敌特分子，遣返进入边境闲散人员达万余人次。1989年，黑马民兵连参加在二连浩特举行的华北地区边防民兵军事汇报演练，取得了优异的成绩，被总部首长称为"神枪手、神刀手、神骑手"而受到解放军总部和自治区的表彰，成为全国民兵的先进典型和榜样。

2012年9月，黑马民兵连的创建者朝伦巴特尔溘然长逝。

草原之子——廷·巴特尔

廷·巴特尔（1955年至今），辽宁省沈阳市人，现任阿巴嘎旗萨如拉图雅嘎查党支部书记，是开国少将廷懋之子。

1974年，廷·巴特尔从自治区首府呼和浩特市来到萨如拉图雅嘎查插队。1981年，在美丽的高格斯台河畔与美丽的蒙古族姑娘额尔登其其格组建起幸福的家庭。

20世纪80年代，牧区开始推行草原畜牧双承包制。这一措施极大地调动了牧民的养畜积极性，但由于缺少对牧民的科学引导，牧民片面追求发展养殖牲畜的头数，导致位于浑善克沙地西北边缘、面积437.5平方公里的萨如拉图雅草原，出现了较为严重的沙化现象。1993年，担任萨如拉图雅嘎查党支部书记的廷·巴特尔大声疾呼："不能

这样下去了，否则，我们赖以生存的草原将不复存在！"他在长期的生产实践中不断摸索，总结性提出牲畜养殖的"蹄腿理论"：养1头牛的收益和5只羊一样，但是1头牛只有4条腿，吃饱了就卧着，而5只羊有20只蹄子，不停地走动还刨草根吃，对草原破坏很大。很显然，5只羊对草原的破坏远远大于超过1头牛，养1头牛所付出的辛苦要比养5只羊付出的辛苦少得多，既保护了草原，又减轻了劳动强度，何乐而不为呢？他走浩特入牧户，苦口婆心地给每一个牧民讲解、商量、探讨围封退化草原、禁牧沙化草原的事情，然而，牧民们还是不接受他的观点和理论。廷·巴特尔想，共产党员在任何情况下都应该率先垂范，牧民之所以不接受他的观点和理论，是因为这种观点和理论还没有变成看得见、摸得着的实际。他做出惊人之举，把和妻子辛辛苦苦养殖的60多只羊全部卖掉，买回护栏网，圈起300多亩草场。一年后的收益让牧民们感到震惊，廷·巴特尔围封草场收获的牧草，相当于其他牧民1000亩草场的产草量。廷·巴特尔家出栏1头牛收入1200元，别人家两头牛才卖1000元，这鲜明的对比使牧民们悟出一个道理：跟着廷·巴特尔干，没错。在

廷·巴特尔的悉心指导下，牧民们实实在在地行动起来，建设了轮牧区、休牧区。2001年7月，锡林郭勒盟委、盟行署在全盟范围内提出"围封禁牧、收缩转移、集约经营"的围封转移战略时，萨如拉图雅嘎查100%的草场都已进行了封育和划区轮牧，对恢复草原植被起到了积极作用。

廷·巴特尔

廷·巴特尔经常说："全心全意为人民服务，把人民群众的冷暖时刻装在心里，是一名共产党员不容推卸的历史责任。"

2001年1月，一场罕见的暴风雪席卷了锡林郭勒草原。飞雪挟着扬沙铺天盖地而来。廷·巴特尔心急如焚，嘎查的人畜怎么样了？他顾不得妻子的劝告，开着自己的客货车冲进了暴风雪中。凭着对嘎查一沟一壑的熟悉，廷·巴特尔就像天外来客一样出现在一户户牧民的家里，不仅为身处险境的牧户们送来了粮食、饲料，也让风雪中的牧民感受到了党的温暖。

在工作中，廷·巴特尔给嘎查的干部立下几条必不可破的规矩：不能以任何理由公款吃喝、请客送礼，不能动用集体畜群，不出钱为干部购买交通工具，不支付油费。作为一名廉洁的党支部书记，他身体力行、严于律己，以自己的模范行为和表率作用，带出一支廉洁奉公的干部队伍。

萨如拉图雅译成汉语是"明亮的月光"，它位于由108眼泉水汇聚而成的高格斯台河辖区。40多年来，廷·巴特尔怀着对草原人民的深厚感情，多次主动放弃返城的机会，履行着"这里有我的'用武之地'，让草原变得更绿是我最大的心愿！"的诺言，带领当地牧民向恶劣的自然环境挑战，向愚昧落后的观念挑战，为改变牧区的落后面貌奉献自己的青春、心血和汗水。他被誉为牧民群众致富的带头人，得到了牧民群众的信任和支持。在他的带领下，全嘎查牧民都实行了"围栏轮牧"和"减羊增牛"，既保护了生态环境，又改善了生活。近些年来，他又带领牧民群众充分利用水资源，大力开发建设高产饲料基地，建成了全盟第一个沙地保护区；注册成立萨如拉牛业公司，投资230万元大力发展沙地旅游业，走出了一条保护生态、建设养畜的成功之路。如今的萨如拉图雅水草丰美，是当地生态条件最好的嘎查，现在又修了路、通了电、用上了干净的自来水。嘎查牧民富了，群众生活越来越好。

2006年，廷·巴特尔被授予全国优秀共产党员荣誉称号。他是十届全国人大代表，自治区第十届党代表，中共十七大、十八大党代表。2009年，被评为中华人民共和国成立以来感动中国的"双百"先进人物之一。

在牧民心中，廷·巴特尔不仅是将军之子，更是草原之子，他在创新意识的指引下，以真诚之心和奉献精神，在阿巴嘎辽阔的草原上，继续书写着壮丽的篇章。

文化使者
——道·图门巴雅尔

道·图门巴雅尔（1964年至今），阿巴嘎旗洪格尔高勒镇岗根锡力嘎查牧民。

1981年，高中毕业的道·图门巴雅尔如愿以偿地考上了大学，但由于通信不便，等他得到消息赶到旗里时，上大学的机会已经错过了。旗教育局为了照顾他，便安排他到阿巴嘎旗德力格尔苏木学校当了临时代课教师，这一干就是十几年。

1993年，道·图门巴雅尔辞去代课老师的工作回家牧羊。细心的他发现，岗根锡力嘎查交通不便，地域也较为偏僻，草原上没有什么文化设施，学习环境也比较落后，牧民业余生活十分单调。为了改变这一状况，酷爱读书的道·图门巴雅尔便尝试着利用以往各种机会收藏的蒙古文图书报刊筹建一个图书阅览室，让大家有一个看书学习的地方。让他意想不到的是，一个不足30平方米的小图书阅览室刚刚建成，就吸引了周边的牧民，有的骑马来，有的坐车来，甚至还有步行几公里来阅览室看书的人；有时候看不完，还要借书拿回家看。随着他们家阅览室的影响日益扩大，书的种类和数量已不能满足牧民的需求。道·图门巴雅尔与妻子商定，为牧民们创办一个家庭式的"草原书屋"。1996年，他自费购买了近3000册图书，腾开自家80平方米住房，创办了内蒙古首家个人草原书屋，并以他的儿女名字命名为"布仁唐斯嘎"草原书屋，寄托了他对儿女们的美好期冀，也饱含着他对草原同胞们的友爱深情。

时间转瞬即逝，书屋已成为道·图门巴雅尔家重要的组成部分。这期间他自费新建了三间砖瓦房，更新书柜、桌椅，增添一批

图书报刊，扩大了书屋规模。20年间，他累计投入30多万元，藏书量也增加到了20余种12000多册，涵盖党的政策、种植养殖、加工修理、文学艺术、医学、科技、法律等内容。同时，他利用牧民来书屋看书的时间，经常向牧民宣讲党和政府的政策措施、生态保护、科学养殖、算账经营、脱贫致富等方面的知识，并且为群众答疑解惑，指导当地牧民调整畜群结构，充当着政策讲堂、道德讲堂的角色。同时，

道·图门巴雅尔

47

他还向区内各大报纸和新闻媒体投稿，宣传家乡的变化和建设新牧区取得的成效。他将自家从前的服饰、用具完好地珍藏陈列在书屋一角，这些藏品记录着道·图门巴雅尔一家的岁月痕迹，也展现了草原生活的时代变迁。因此，书屋也由原来的图书借阅，变成了集图书阅览、文化讲堂、民族文化藏品展示于一体的多功能型文化服务场所。在他与家人的精心管理下，布仁唐斯嘎书屋不断扩大着在草原的影响，小小的草原书屋已经成为周边牧民在生产生活中不可或缺的知识加油站，为更多牧民开启着知识大门，每天前来查阅资料、读书学习的牧民络绎不绝。

道·图门巴雅尔在每年投入一万多元用于购买各类图书报刊和书屋的维护的基础上，还在书屋里，不定期举行新书推介会、诗歌朗诵、歌咏比赛等内容充实、形式活泼的活动，丰富着牧民们的业余生活和精神追求。2014年，他设立了布仁唐斯嘎草原书屋"阅读奖励金"，在旗蒙古族小学开展读书竞赛活动，掀起了一股读书热潮。2015年"六一"儿童节对热爱阅读的学生给予了1000元奖励。

如今的布仁唐斯嘎草原书屋已是一座为远近牧民提供文化营养的精神驿站。道·图门巴雅尔的坚持和付出也得到了社会各界的肯定，多次获得上级部门的表彰。其中2014年荣获国家新闻出版广电总局颁发的"书香之家"称号，2015年荣获全国妇联授予的"最美家庭"荣誉，2016年荣获全国"文明家庭"称号，在第26届书博会上被评为"十大读书人物"之一。

现在道·图门巴雅尔继续开办着布仁唐斯嘎草原书屋，演绎着他的"牧读"故事。用他的话来说："我的中国梦，就是让书香伴着草香飘"，"人们不光日子富了，头脑也要富。我希望更多的人能拥有爱书的心，这样我们才不会在越来越多的财富面前精神空虚。"

吉祥山水

吉 祥 山 水
JIXIANGSHANSHUI

庄严雄伟的成吉思宝格都山，神秘肃穆的浩日格乌拉，烟波浩渺的查干淖尔湖……千里草原的吉祥山水，共同绘制了一幅阿巴嘎草原风光画，令人流连忘返！

人文遗迹
金界壕遗址

金界壕，又称"金长城"或"兀术长城"，当地人称"成吉思汗边墙"，始建于金太宗年间，是女真族留下的规模巨大的建筑工程。阿巴嘎旗境内的金界壕走势为从阿巴嘎旗东北吉日嘎朗图苏木伸入，途经阿巴嘎旗，向西南至原宝格都乌拉苏木阿日浩来，入苏尼特左旗境内。途经3个苏木，7个嘎查。分为29段，有8座边堡遗迹。总长163.5公里，其中墙体保存较好的有79.7公里，受自然影响墙体已不明显的有83.8公里。界壕基宽3—4米，高0.5—1.5米。壕墙和与之相辅的边堡旧址仍然清晰可见，不失磅礴之势。金界壕不仅仅是女真族维护统治、抵御入侵的一项规模宏大的军事防御工程，同时也是我国北方各族人民辛勤劳动的智慧结晶。几百年后的今天，它已经成为草原上的一大奇观，向众多探索文物古迹的游客展现了一道绵延千里的"土长城"。

哲日音夏哈乌拉围猎区

哲日音夏哈位于别力古台镇阿拉腾锡力嘎查。传说，圣主成吉思汗围猎时，将黄羊（哲日）驱赶到这片平顶山上按需捕获后，其余放回山中。该地又称"宝格达音夏哈"。

传说遗迹
布斯音乌拉

位于别力古台镇阿拉腾杭盖嘎查境内，别力古台镇西南侧。传说布斯音乌拉系成吉思汗放腰带（布斯）之处生长出的山。别力古台镇举行的赛马活动大多在此进行。

成吉思汗拴马桩

在查干淖尔镇乌兰图雅嘎查哈登胡硕泉以东约5公里的连绵沙丘里，有一株数人合抱、半枯半荣的古榆树，那就是传说中成吉思汗的拴马桩。当年成吉思汗征战来到此地，曾经在这棵古树上拴过战马，如今虽然树根裸露、树洞空空，却仍被当地牧民顶礼膜拜，奉为神明。离它不远，一株枝叶婆娑、葱茏繁茂的新树由它的根系派生出来，陪伴着它。每当夕阳西下，暮色中的成吉思汗拴马桩显示出一种庄严肃穆和神秘的气氛，仿佛在幽幽地诉说着久远的故事。

呼都格音喇嘛井

呼都格音喇嘛是当地很有名的一个打井能人。那时水井奇缺，一般苏木只有一处"却日音呼都格"（意为"庙仓用井"）。人们为了吃水方便，专门请来呼都格音喇嘛给各个庙上打井，现在位于查干淖尔镇中心街的一眼井，据说就是呼都格音喇嘛在1958年左右亲自打出来的。

别力古台飞来奇石

那仁宝力格苏木查干敖包有一巨石，状如巨型恐龙蛋，即使横卧也有一人多高，最奇的是它底部完全悬空，只由三块石头如三足鼎立般支撑着。传说这里原有一井，当年蒙古博克的始祖、成吉思汗异母同胞弟别力古台在一次单骑路经这里时，人困马乏，准备取水饮用，却遭到附近牧民们的阻拦，他一怒之下，便从二三里外搬来这块巨石，覆于井口之上，以示对牧民不友好举动的惩戒。牧民们无法撼动此石，只好又把别力古台请来，别力古台看他们已有悔意，就给他们一个台阶下，把巨石挪开。经此一事，他与牧民们也成了朋友。从

别力古台飞来奇石

此，该石被牧民们称为"别力古台之石"，后来牧民甚至亲切地称之为"故乡之石"。

哈登胡硕公主泉

位于阿巴嘎旗府西南约85公里，地处浑善达克沙漠与草甸草原交汇之地，北依淡水湖查干淖尔，南连正蓝旗，西与苏尼特左旗恩格尔河毗邻。这眼水质清澈、四季畅流不断的天然喷泉，水源丰富，富含多种矿物质、微量元素，被称为"哈登胡硕阿尔善"。

此泉水中同时还有锂、锶、溴、碘、锌等多种对人体有益的微量元素，其中游离二氧化碳、硼酸的含量已达到医疗浓度的要求，对治疗慢性胃溃疡、慢性胃炎、慢性肠炎、长期便秘等有辅助作用。

关于哈登胡硕，还有一个美丽的传说：从前有一位公主，自幼体弱多病，食欲不佳，多方求医均未能治愈，但当她偶然经过此泉并饮用了这里的泉水之后，身体状况奇迹般地好转。从此，喷泉水能治病的消息便不胫而走，广为流传，哈登胡硕也被牧民们称为"公主阿尔善"即"公主泉"了。

查干宝拉格响泉

位于洪格尔高勒镇政府所在地东1公里。响泉是内蒙古少见的奇泉，在泉边，随着人们叫喊、拍手的声音变大，几十个 泉眼喷涌的水量会增多，泉会增大，"响泉"的名称也由此而来。响泉的泉水甘醇可口，含有人体所需的多种矿物质和微量元素，有促进消化、健胃养颜和延年益寿之功效。三百多年来，响泉水一直是杨都庙的饮用水。

查干宝拉格响泉

顿柱巨石

"顿柱巨石"矗立于阿巴嘎旗洪格尔高勒镇哈沙图嘎查布日敦淖尔西南的沙丘上，高70厘米，重约310千克。关于"顿柱巨石"的来历，有一个真实的故事。

民国2年，位于克什克腾旗达尔汗乌拉南麓的楚古兰庙被袁世凯的军队烧毁，庙中的300多名喇嘛被迫于第二年迁往杨都庙，并对杨都庙进行扩建整修。一次，从现在的哈沙图嘎查朝伦达尔汗尼沟拉运石料时，因超载，勒勒车坏在途中，只好将一块上好的大石料扔在大路正中。翌年，阿巴嘎左旗扎萨克多罗郡王杨森札布前往杨都庙时途经此处，马车受阻难行，郡王命侍从顿柱将石头移走。顿柱时年已四十有六，但力大无比、善于摔跤，受命后便把这块重达310千克的巨石抱起，一口气走了200米，摆放到南侧的沙丘上。因此民间将这个沙丘称为"顿柱之丘"，这块巨石从此也有了"顿柱巨石"的美名，并流传至今。

顿柱（1868—1916年）是锡林郭勒盟阿巴嘎旗巴润苏木（今洪格尔高勒镇）人，虽出生台吉家族，但他一生侍从王爷，当了一辈子普通的奴仆。

庙宇遗迹
海音庙遗址

是阿巴哈纳尔右旗旗庙。初建于雍正四年（1726年），乾隆四十年（1775年）在胡尔干海彦（今巴彦查干苏木境内）重建，上报清廷，御赐庙名"普祥寺"，授度牒21。海音庙首任坐床喇嘛是宁僧葛根。徒弟僧侣最多时近200名。民国时有80名喇嘛，伪满时有120名，1951年有99名喇嘛。

海音庙的建筑分朝克钦殿和宁僧葛根拉布楞两大部分。有葛根仓、甘珠尔仓、巨特巴仓、亚日尼仓、分配仓5个庙仓。每年阴历六月初一到六月十五，旗衙门在海音庙召开全旗祝福会。

海音庙的印度、西藏和蒙古族学者的藏文作品非常多。1958年，阿巴嘎旗民间作家高·扎木彦收藏的原海音庙藏书《呼和德布特日》，慈楞·贡嘎道尔吉的《乌兰德布特日》，官布扎布大臣公的《图戈巴热勒瓦（辞典）》等书籍和宁僧呼图克图龙都贡嘎丹僧用蒙古语翻译的《冬天的龙声》被收入内蒙古社会科学院图书馆。

庙内金银、铜铸佛神像和用品很多。铜制大小祭品、佛灯碗、盘等上千个，银供品佛灯碗、盘子、甘露瓶等有200个。还有银铜制成的箫、号等各种乐器。

海音庙曾供奉着别里古台的寰椎骨，宽18厘米，厚6厘米，脊孔直径十余厘米。现供奉在阿巴嘎旗别力古台祭祀宫。

吉日嘎郎图庙遗址

位于那仁宝拉格苏木西北边界吉尔嘎郎图山乌哈敖包前面。清廷赐名"宝音巴达热古拉嘎其庙"，即"隆福寺"，授15名喇嘛的度牒。

吉尔嘎郎图庙是在1770年由阿格旺龙都布葛根喇嘛所建。阿格旺龙都布曾在青海塔尔寺修行，取得"却日吉"称号，人们尊称其为却日吉喇嘛。吉尔嘎郎图庙喇嘛庙和朝克钦庙是诵经开会的主要地方。定时诵经会一年之中近百天。规模最大的是每年农历七月的祝福会，从七月初一到十二日举行，最后一天跳查玛，转弥陀佛。吉尔嘎郎图庙殿和庙仓的房屋建筑大都是第二代汗贝额宝木所建。分为东庙、西庙，建有红色围墙。东院有朝克钦殿和台庙，前边是东、西侧庙和满汗仁兹子庙。西院有喇嘛殿和汉贝宫，建造精巧华丽，到处装饰着大理石和汉白玉。庙殿檐下和人行道都是颜色精美，刻有微凸的花色图案的石头。

昌图庙遗址

是阿巴嘎右旗的旗庙，雍正八年（1730年），以阿拉布金巴嘎拉桑札拉沁为首的几个喇嘛在扎尼和硕（今查干淖尔镇境内）建庙，此即为昌图庙。雍正十年（1732年），昌图庙堪布喇嘛赴西藏请达赖喇嘛、班禅额尔德尼乃庆却金给庙起名为"达希却令"。嘉庆二年（1797年）清廷降旨赐庙名"崇恩寺"，诏授度牒40。同治六年（1867年）创立却日达仓。1935年却日达仓有喇嘛500名。

昌图庙的四世堪布喇嘛嘎拉桑热布华扎木苏是锡林郭勒盟著名的宗教爱国人士。

明图布庙遗址

明图布庙位于阿巴嘎旗伊和高勒苏木额尔德尼巴达拉乎山向阳处。原名是"达嘎图利黑德嘎"（藏语）。由于供奉"明图布"佛，故称明图布庙。清朝赐名"万缘寺"授7名喇嘛的度牒。

车勒庙遗址

又名呼格辛车勒庙（老庙），位于宝格达乌拉苏木乌日根塔拉嘎查车勒山附近。据传，成吉思汗弟别里古台二十世孙多尔济台吉在崇德四年（1639年），由原驻牧地瀚海北鄂嫩河、克鲁伦河流域率部来归，定居在车勒山北后，建立了车勒庙。车勒庙的匾额上写有"额齐格诺颜多尔济台吉，从原驻牧地鄂嫩河、克鲁伦河流域，用大轮车载着蒙古包，率领属民百姓，走到车勒山北，下榻在庆格魁赛音闪达"。车勒庙兴建很早，所以，群众中有"老车勒"的俗称。

车勒庙是阿巴嘎旗境内建立最早的寺庙。

杨都庙

杨都庙位于阿巴嘎旗洪格尔高勒镇，是目前阿巴嘎旗境内仅存的一座藏传佛教寺庙。该庙占地面积3600平方米，始建于1864年，坐北朝南，呈正方形。杨都庙由朝格钦殿、金刚殿、拉布仁殿、却日殿和却西活佛住宅五部分组成。朝格钦殿为叠山式建筑，青砖青瓦的砖木结构，占地面积449.44平方米。朝格钦殿南10米是金刚殿，东南140米处有两处院落分别是拉布仁殿（占地面积1320平方米）和却日殿（占地面积748平方米）。朝格钦殿西南20米是却西活佛住宅院，占地面积1092平方米。西侧房为却西活佛住宅，东侧为厨房。院内正面10米有一过殿。朝格钦殿殿堂内保存有铜、银的佛像、祭品、乐器、拐号等共1000多件，《甘珠尔经》98卷。历史上的杨都庙曾是锡林郭勒盟五部十旗的会盟圣地之一。阿巴嘎旗洪格尔高勒镇也以百年古刹杨都庙而闻名。1980年杨都庙恢复宗教活动，1988—1991年盟旗先后拨款13

万元对庙宇进行修缮。1991年6月西藏活佛却吉隆柔嘉措亲临杨都庙主持法事活动。1998年杨都庙被列为旗级重点文物保护单位，2006年9月6日杨都庙被内蒙古自治区列入自治区级重点文物保护单位。2009年旗政府投入50余万元修缮杨都庙，2010年6月完工，现有喇嘛8人。

汉贝庙遗址

汉贝庙位于别力古台镇，于1727年由原阿巴哈纳尔右旗那木吉拉贝勒始建，并聘请西藏喇嘛做主持，后获"汉贝"称号，清廷奏折注册并授匾"善源寺"，是原阿巴哈纳尔右旗第二大庙。1930—1940年，汉贝庙喇嘛僧侣有500多名。

汉贝庙在"文化大革命"中被毁坏。1984年落实宗教政策，为汉贝庙喇嘛提供一处原主庙东北的四合院做庙院。现占地面积911.34平方米，有喇嘛9人。

岱喇嘛庙遗址

岱喇嘛庙位于现在阿巴嘎旗吉日嘎朗图苏木乌力吉图嘎查，此庙修建年月无从查证，据传为乾隆年间建成。清廷赐庙名"真济寺"，授22名喇嘛的度牒。此庙常住诵经僧侣百余名。

此庙的呼毕勒干活佛共经5世。第二代呼毕勒干为阿格旺丹丕勒，是18世纪杰出的翻译家和杰出诗

人，曾获得"达尔汗席力古锡"称号。（古锡即翻译师）

1946年，内蒙古自治联合会主席乌兰夫曾在岱喇嘛庙过冬。

洪格尔庙

康熙八年（1669年），扎萨克多罗郡王登博日勒在白日陶拉盖南麓建白日小庙。康熙二十一年（1682年），登博日勒长子、扎萨克多罗郡王却英将白日会迁到洪格尔，并以自己的资产为主，会同其他施主修建了洪格尔庙。康熙二十四年（1685年），清廷赐庙名"普佑寺"，授40度牒，赐一部《甘珠尔经》，16件刻有"康熙御印"的供器，从此有常住喇嘛40多名，定期开法会，来诵经的喇嘛有400余名。

旅游景点

成吉思宝格都山

位于阿巴嘎旗所在地别力古台镇西北34公里巴彦杭盖嘎查境内。原为阿巴嘎右旗旗敖包。每年农历五月十五为祭祀日。由东向西望去，成吉思宝格都山犹如面北仰天而卧的巨人头像，当地民众认为是成吉思汗显身于此，故尊此山为"成吉思宝格都山"。

呼日查干淖尔湖

距查干淖尔镇所在地15公里。阿巴嘎旗的巴彦高勒河与苏尼特左旗恩格尔高勒河注入查干淖尔湖。查干淖尔湖分为东、西两个湖，总面积106.67平方公里，为内蒙古四大淡水湖之一，盛产鲤鱼、鲫鱼、草鱼、鲢鱼等等。

成吉思宝格都山

灰腾锡力

洪格尔高勒镇灰腾锡力是阿巴嘎旗主要打草场。207国道横穿灰腾锡力,夏季此处百花怒放,青草茂密,并盛产白蘑菇,真是名副其实的"百花草塘"。

巴彦图嘎乌拉

位于巴彦图嘎苏木巴彦图嘎嘎查。每年农历六月初十举行祭祀。

又称巴彦图嘎山、巴彦高阿山,与蒙古国达里甘嘎的阿拉坦敖包为兄弟山。

乌里雅斯台

位于洪格尔高勒镇萨如拉图雅嘎查与查干淖尔镇乌兰敖都嘎查驻地。这里是浑善达克沙地中的一片绿洲,自然风景十分优美,有茂密的天然灌木林、参天大树,乌里雅

灰腾锡力

巴彦图嘎乌拉

乌里雅斯台

斯台河从中穿过。乌里雅斯台素有"北国江南"美称，据说在乌里雅斯台周围有108个沙泉和支流。近年来，这里的旅游业初见兴旺之势，基础设施建设逐年完善。乌里雅斯台风景区中部的敖包每年农历五月二十五祭祀，过去这里也是乌里雅斯台诵经会之所在。

海日罕乌拉

位于吉日嘎郎图苏木海日罕嘎查，距吉日嘎郎图苏木所在地德格吉日呼那仁东南18公里。从前，西

海日罕乌拉

61

乌里雅斯台

海日罕山由阿巴嘎左旗、阿巴哈纳尔右旗、浩齐特右旗合祭，日期为农历六月初一。传说，西海日罕山为盔甲放在身后盘腿而坐的圣主，东海日罕山（位于东乌珠穆沁旗阿拉坦合力苏木）为其夫人，额里图敖包为其子。山中有溶洞，后被命名为金斯太古人类居住遗址。

额日和图乌拉

位于别力古台镇巴彦乌拉嘎查。距别力古台镇东6公里。1982年，

额日和图乌拉

选择距新浩特镇最近的高处设电视转播台，1984年投入运行，是为阿巴嘎旗电视工作的起点。

扎哈音贡

扎哈音贡位于查干淖尔镇巴彦淖尔嘎查。距查干淖尔镇所在地昌图庙正南25.79公里。地处浑善达克沙漠腹地，是沙漠中罕见的深水湖。

连心桥与纪念亭

位于查干淖尔镇乌兰敖都嘎查的夏日音高勒（高格斯台支流），1998年北京知青捐建。桥东端红色土梁之上，建有一座纪念亭，亭内

连心桥

立一大理石碑，上书"过路不忘修桥人"。

僧僧宝拉格

位于那仁宝拉格苏木以东20公里。传说，成吉思汗出征途经此地，用宝剑穿石，石中涌出甘甜的泉水，人马得以畅饮，因名"僧僧宝拉格"。另一种说法是，从那时以后，该地盛产快马，"阿巴嘎黑马"之名即源于此。

僧僧宝拉格

哈那音宝拉格

哈那音宝拉格

在阿巴嘎旗北部的典型草原上，由西北向东南呈斜线分布着三个泉眼，分别叫青格勒宝拉格、白音宝拉格和哈那音宝拉格，后者位于别力古台镇奔德尔嘎查境内，距别力古台镇北41公里。在哈那音宝拉格附近的山头上，有一堆嶙峋怪石，其中有一座天然石雕俨然一尊雄狮，镇守着脚下这片千里草原。

哈那音宝拉格

又有一说是山上围拢的层峦叠嶂犹如蒙古包的哈那，岩缝中流出清澈冰凉的泉水，故名哈那音宝拉格。

当地在哈那音宝拉格建亭立碑，那里已成为往来车辆歇脚观景的好去处。

霍布尔淖尔

位于巴彦图嘎苏木巴彦图嘎嘎查。水源丰富的霍布尔（暄软地）是夏季饮畜的理想之地。

塔本陶勒盖乌拉

位于伊和高勒苏木宝力根敖包嘎查，周围是阿巴嘎旗中部主要产

霍布尔淖尔

塔本陶勒盖乌拉

草区。传说，塔本陶勒盖（意为"五头山"）系因遮挡成吉思汗的视线被削掉而形成的。

浩日格乌拉

位于阿巴嘎旗所在地别力古台镇北50余公里处，。浩日格山全名"胡格兴浩日格"，蒙古语意为"苍

浩日格乌拉

老的柜子"。

山中央腹地原有一庙，据说是由青海来的喇嘛塔西唐达格楞主持建造，此庙经历三次迁址，第一次是建在浩日格乌拉山脚下，第二次是把它拆了搬迁到山的东面的那日图一带，第三次又挪到浩日格乌拉的中央地带，这次建有大、小两个殿堂，供奉宗喀巴大师塑像及大量经文，每年农

历九月初七举行大型念经活动。此庙上方曾经有一座白塔，但均与庙一同于1968年"文革"期间损毁。有学者从遗址断定，此处在北魏拓跋氏时期就已经有人居住了。

在浩日格乌拉山体的中心地带最高处，迎面立一大石崖，近有一洞，传说此洞与蒙古国白音都兰大山相通，此处即为入口。成吉思汗军队率所部南下攻打金国时,在此洞存放过军需物资,也许这就是"浩日格"之所以叫"柜子"的来历吧。在洞前,整齐地排列着一道矮石墙,似人工所为,洞口立一石板,刻有几个藏文,乃"嗡嘛呢叭咪哞"六字真言。洞内曾供奉宗喀巴大师塑像。洞内有火山岩散发的矿物质气体,当年僧僧庙活佛毕希热勒图将此洞口封堵。

山顶原有浩日格敖包,每年农历五月二十二祭祀,信众上敖包时是从西北方向上去,再从东南方向下来。路经著名的佛母洞,下来的时候都要祭拜一块喇嘛石。在这个敖包的北面有葛根敖包,但此敖包至今仍无人祭祀。

在蒙古民族中,一直有"五个五台山"之说。据说,佛祖释迦牟尼降生时,他的头发闪现五彩之光之地,就是后来的红、黄、蓝、绿、白五个五台,到目前已经确认的有山西省的"霞日"(黄色)五台、西乌珠穆沁旗的"乌兰"(红色)五台、东乌珠穆沁旗的"脑干"(绿色)五台、林东县的"查干"(白色)五台。据有关学者考证,已经初步判定,浩日格乌拉就是最后一个尚未找到的五台,即"呼和"(蓝色)五台。目前,浩日格乌拉所在嘎查的牧民群众已经把此山的整个山体加以围栏保护。相信在不久的将来,

经过科学规划和投资开发,这里会成为阿巴嘎旗的又一处旅游胜地!

达来石桥

在昌图庙(位于查干淖尔镇)南约8公里处。由巴彦河流经此地并注入查干淖尔湖的河流上,横亘着一座小桥,它已成为一个具有时代特征的印记。

那里原来是当年旅蒙商必经的商道之一,起初,他们途经这里,只是往河水中放置一些石块。1939年,来自河北省保定市的一位姓张的旅蒙商人(蒙古名叫朝呼尔达来,人称麻子达来),筑成了一座长15米、宽3米的三孔石砌拱桥,初步解决了来往牧民和畜力运输车的过河问题。1943年,他又组织扩建此桥,为当地的交通运输提供了极大方便。当地牧民为了表示感恩和纪念这位张姓旅蒙商造福于民的善举,为他取蒙古族名字"达来",并称此桥为"达来石桥"。它是历史的见证,也是蒙汉民族团结互助的实物遗存。

中华人民共和国成立后,人民政府多次对此桥进行维修和加固。1974年,当地政府以石块水泥为建筑原料,对该桥进行了扩建、翻新,并命名"红旗桥",桥的两侧帽石上分别写有"伟大领袖毛主席万岁""各族人民大团结万岁"字样。最近一次重建此桥,是在2008年9

月份完工的，位置较原来的桥基东移，建成长 20 米、宽 5 米的钢筋混凝土盖板桥，可通行轻型汽车和低吨位载重汽车。

希日扎莫

中华人民共和国成立前，阿巴嘎旗的古道有盐道、驿站和官道三种，其中的伊和呼热希日扎莫是一条从伊和呼热（即"大库伦"，今蒙古国乌兰巴托市）至多伦淖尔（今多伦县）的官道。蒙古国的图希耶图汗和哲布尊丹巴活佛曾从此路经过，因哲布尊丹巴是黄教的活佛，故称之为"希日扎莫"（意为"黄路"）。

这条路从吉尔嘎朗图音花（今吉尔嘎朗图庙）东南进入阿巴嘎旗界，往南经宝格达乌拉东侧、昌图庙东、呼图勒乌苏、达嘎音俄勒苏（今浑善达克沙漠）到多伦淖尔。

呼图嘎乌拉

位于查干淖尔镇阿拉坦图雅嘎查，有呼图嘎乌拉（刀子山）敖包，原属阿巴哈纳尔右旗，是三个旗共同祭祀的山岳。此山南麓有东、西两个深水泡子，看起来水域不大，但是有夏旱不枯、冬寒不冻的深潭。据老年人说，这里曾有过黑水牛、"布哈少布"（一种鸟）和各种水生动物。

住在此山附近的牧户的母牛不空怀，产奶也多，所以过去老年人称此山为"门神"，每天向山的方向洒献茶、奶。每年农历五月二十五，住在此山附近的牧人用熟斯（整羊）和比稀拉嘎（用鲜奶做的奶豆腐）祭祀，此外，在海音庙敖包、拉哈赖敖包、堪布庙敖包等地也举行那达慕。该山的祭文里也有各种动物名称的记载。至今每到夏季，都能够听到"布哈少布"的叫声。但它究竟是个什么样的鸟，却一直没有人见过。

巴彦高勒

巴彦高勒河有两条支流，即灰腾高勒与高格斯台高勒。这两条河在巴彦哈日汇流至注入查干淖尔一段称为巴彦高勒，流程全长156公里，流域面积4700平方公里，平均流量

巴彦高勒

1.37立方米／秒，最大流量1.69立方米／秒，洪水流量15.3立方米／秒。一般十月中旬开始结冰，翌年四月融化。

高格斯台高勒

辉腾高勒

夏日音高勒

夏日音高勒为高格斯台河的一条小支流。源于距洪格尔高勒镇所在地杨都庙东南10公里的哈日乌素湖，流经萨如拉图雅嘎查，北流至查干淖尔镇乌兰敖都嘎查伊和套海，汇入高格斯台河。

硝特淖尔

位于洪格尔高勒镇伊和宝拉格嘎查。距洪格尔高勒镇所在地杨都庙东北21公里。因盛产碱硝，故名"硝特淖尔"。夏季各种鸟类群聚于此，尽显动物与自然的和谐之美。

阿巴嘎罕乌拉

全旗最高峰，海拔1600余米，位于巴彦图嘎苏木巴彦图嘎嘎查。

硝特淖尔滑沙

夏日呼鲁苏

位于查干淖尔镇阿拉坦图雅嘎查境内，距查干淖尔镇约24公里处。

一群群狍子在迎风荡漾的菖蒲丛中悠闲自在的食草，是草原的一大景观。

锡热（岩画山）

当地人称这种平顶山熔岩台地为"锡热"，它与低山丘陵、高平

夏日呼鲁苏

原和沙地融为一体，构成阿巴嘎旗的主要地形地貌。现在，距该处不远的101省道北侧建起了一座观景亭和休息区。

哈日乌素

在洪格尔高勒镇南20公里左右，有一处沙丘环抱的世外桃源，那就是沙漠中罕见的深湖——哈日乌素。这里一边是油绿的草地，一边是金色的沙丘，中间是平静的湖面，沙、草、水浑然一体。这里天蓝野阔，云淡风轻，湖面波光粼粼，

阿巴嘎罕乌拉

夏日音高勒

夏日呼鲁苏

哈日乌素

在这里观沙赏草，别有一番情趣。坐在哈日乌素四周的沙丘顶上俯瞰，岸边或缓或陡的沙丘和山坡的斜线在水面上形成的倒影，上下对称，浑然一体。也是在这清澈的湖面上，随着微风乍起，漾开一波波银丝般的水纹，绿藻像田田的落叶，在岸边或水中的水草根部，平平地铺了一层，把湖面染得更加浓绿。

别力古台文化园

别力古台文化园位于阿巴嘎旗别力古台镇北侧，总占地面积2000亩。该园主要由3个部分组成。山顶部分是体现民俗文化和民俗风情的贡扎布敖包。该敖包是被清朝赐封为"善源寺"的阿巴嘎旗汉贝庙的附属敖包。

沿着敖包南侧走下10个平台和108级台阶就走到了别力古台文化广场，这是文化园的第二部分。广场内设有展现蒙古族文化特点的各种雕塑，还有展示民族风情的文化长廊和气势宏伟的别力古台山门。第三部分为绿化区，里面栽植了3万多棵各类乔灌木，林间蜿蜒小道边摆设了多处在民间收集的具有当地特色的奇石，每一处石景都有一段故事。

别力古台文化园

民俗风情

民 俗 风 情

MINSUFENGQING

阿巴嘎，是蒙古族传统文化、部落文化、民俗文化保留较为完整的地区之一。今天，独具特色的草原文化，依然在这片草原上生生不息；别具一格的民俗风情，依然在牧民心中世代传承。

服饰住房

阿巴嘎旗蒙古族风俗有其独特之处。例如蒙古包套脑、哈那用油漆油刷；蒙古袍镶着三道边，衣领上银边；男子喜爱摔跤，妇女喜欢戴戒指；喜欢唱音调长的歌曲；使用的马鞍子镶银边和鞍花。但因自然环境、生活环境及经济状况不同，在风俗习惯上也略有差异。

服饰

蒙古族很早以前的衣服叫"纳木"，就是将布或者皮子裹在身上。后来是"扎嘎木"（用绳子连缀两个前襟），再后来根据人体的样子做成袍服，将袖子、领子缝上，钉一根带子。到了西藏可汗松赞干布时期才开始在袍子上钉纽攀扣。如今的蒙古族服饰款式新颖，设计巧妙，已成为新的时尚潮流。

阿巴嘎蒙古服饰的种类有：帽子、围巾、袍子、腰带、褂、坎肩儿、得勒、皮短衣、护膝、厚棉袄、护腕、手套、短裤、靴子、皮袜子等。种类繁多，却各有特点，各有用途。

帽子和首饰 男子戴的帽子有"库伦闪吐"帽、"扎布恒"帽、"海样披"帽、"布其鲁日"帽等。阿巴嘎旗的蒙古族女子，清朝以后主要戴"陶如勒"帽（大板帽）、"扎拉吐"帽（带缨帽）、"布其鲁日"帽（带领帽）、双檐黑大绒帽和四耳"陶日其格"帽（瓜皮帽）等。牧区妇女平常不戴帽，多用红、绿颜色的长绸子把头裹扎；冬季戴羊皮、狐狸帽，款式为尖顶大耳或草原式斗笠帽。阿巴嘎妇女的首饰多为金银制品，包括手镯、戒指。有些首饰还镶着玛瑙、宝石。在逢年过节、喜庆宴会、访亲会友时佩戴。

袍子 袍子是总称，包括皮袍、

袍子

棉袍和夹袍。袍子深受蒙古族男女老幼的喜爱。袍子宽大、袖长，下端一般不分岔，领子高，纽扣在右侧，面料多为绸缎，领口、袖口、

袍子

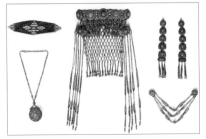

阿巴嘎部落蒙古族妇女组配头饰

边沿常用漂亮的花边点缀。袍子的颜色因地因人因季而异。男子多喜欢蓝色、浅蓝色、棕色；女子多喜欢穿红色、绿色、紫色。夏天穿的单夹袍一般颜色较淡，如浅绿、粉色、浅蓝、乳白。冬季多穿带绵羊皮、羔皮做的袍子，颜色多为青、灰、深蓝色等。穿袍子乘马可以护膝、防寒、避风。

腰带 腰带是穿蒙古袍必备的。腰带用布料或绸缎做成，长3—5米，颜色要和袍子协调。男子扎腰带时多半把袍子向上提到恰当位置，系得较短、显得精悍潇洒，骑马也方便；女子则相反，扎腰带时将袍子向下拉展，以显示身材苗条、健美。袍子上扎腰带为的是骑

腰带

乘时保持腰肋骨的稳定垂直，同时冬天可以保暖，夏天可以防蚊。妇女穿袍子或在家时通常不系腰带。

靴子　靴子分马靴和蒙古靴两种，马靴又分棉马靴和单马靴。马靴用牛皮制成，多为黑色，个别有紫红色，挺拔，秀气，年轻人多爱穿。蒙古靴子通常有图案，压花纹，里面有衬皮，有的衬毡，靴身宽大，靴可套棉袜毡袜。阿巴嘎旗一带穿的是"岱喇嘛海靴子"。这种靴子是根据18世纪东阿巴哈纳尔旗著名学者岱喇嘛阿格旺丹丕勒穿过的靴子命名的。这种靴子的靴筒、靴帮有3条绿色软皮夹条，靴底的里一层是绿色，外一层是黑色香牛皮。靴筒也用绿色软皮镶宽边儿，其内里又有独特的花纹图案。靴筒后侧有的还开衩口，靴头略

翘。牧民一年四季离不开靴子，骑马时能护踝，失马时可以脱镫，夏天能防蚊，冬天可以防寒。现在牧区人们依旧爱穿蒙古靴。

住房

中华人民共和国成立前喇嘛住庙宇，也有住土房的；牧民住的是格日（蒙古包）；王公、贵族的官邸住所多选择自然环境优美、水源充足的地方，建筑呈庙宇式。

蒙古包是一种天幕式住所，呈伞形顶，通常用两层羊毛毡子覆盖。蒙古包是满族对蒙古牧民住房的称呼。"包"在满语里是"家""屋"的意思，古时称穹庐、毡帐或毡包。

蒙古包的特点是大风雪中阻力小、不积雪，雨时不存水。蒙古包的门不高且接地面，寒气不易侵入；哈那用细木棍和牛皮绳连接制成，用时拉开，变成蒙古包的墙，搬迁时折叠，又能当勒勒车的车底板；包的顶端可通风采光。蒙古包设计科学，重量较轻，移动方便。

蒙古包大小不等，普通的高十三四尺，围墙高四五尺，圆筒部直径以包的大小而定，从七八尺至十七八尺不等，一般为五六块哈那组成。包门高三尺五寸左右，宽二尺五六寸。一般在水草适宜的地方画一直径两丈左右的圆圈，照圆圈

的大小垒起比平地稍高的包基。包架由上、下两部分构成。上部叫"乌尼",以长七尺左右的松木杆上连套脑,下接哈那;下部叫"哈那",以长七八尺的柳枝交叉组成方块支架形状,连接处结以皮绳。套脑直径三四尺,上雕美丽的花纹。中华人民共和国成立后牧民为防止木条开裂腐朽和起一定装饰作用,便将套脑、乌尼杆、哈那均刷了油漆并绘制图案,外观更加美观大方。

牧民的蒙古包面积仅有十几平方米,食宿都在一个包里,地上多用牛羊皮或毡子铺一层,外面围毡多年换一次,冬春多层毡,夏一层毡。中华人民共和国成立前阿巴嘎地区大多数牧民的蒙古包内卧具简陋。而富裕牧户则一户多扎数包,

包内地上铺几层皮子或毡子,上面罩花毯、地毯,被褥等卧具较多。包内的摆设通常在正面设长方矮桌,上面供有祖先或成吉思汗像,矮桌右侧放大小衣箱,左侧放橱柜、奶桶、桶等器皿,包的中央有炉灶。

蒙古包经常随牧搬迁。冬营地设置包房,要找山湾或洼地,要向阳,可避暴风雪的侵袭;夏营地要到高处和通风地点设包,凉爽、少蚊蝇;春、秋两季移动主要视水草情况而定。打包时,为避风门一般朝东南方向。

蒙古包外配置一般用柳条、榆树枝、柳笆围一个半圆墙,墙的附近搭一个畜棚。部分用以蓄冬草,部分作暖棚。在另一侧则堆积牛粪、羊砖以做燃料。沙窝地带的牧

蒙古包

蒙古包内部摆设

民有的用柳条编成囤仓，架在空中冬季储肉和其他生活用品。有的把几辆勒勒车排列在包房周围，每户包前都有拴马桩。

中华人民共和国成立后，蒙古族人民的居住条件有很大的改善，大部分牧户已定居，每年除部分劳动力赶着畜群在水草丰富的牧场上放牧外，其他家庭成员都留在定居点上饲养老弱畜和从事其他生产劳

牧民生活用具

现代牧民生活

动。蒙古包的质量和包内陈设也有很大改变。20世纪60年代开始有不少蒙古包下边有火炕。20世纪70年代后增添蒙古包地板床、矮铁床，很多家庭还有钟表、收音机、缝纫机、皮箱，大多数浩特安上了风力发电机，牧民购置了各种家用电器。在实现定居轮牧过程中，牧民居住的房屋从数量和质量方面都有很大的改变。20世纪60年代开始在定居点盖土房，进入20世纪70年代后改为新建、扩建砖瓦房，室内装修陈设如同城市一样，大衣柜、壁橱、沙发、写字台、水磨石地，有的还安装上了土暖气。

草场划分到牧户后，牧民大多盖砖瓦房定居，阿巴嘎旗南部地区牧户很少搭建蒙古包，而北部地区的牧民则依然喜欢住蒙古包。

婚嫁丧葬
结婚习俗

阿巴嘎旗蒙古族的结婚流程主要有求婚、订婚、举行婚礼三个阶段。

求婚有青年男女主动或由双方父母请人说媒两种方式。说媒方式是请一名有威望的人带着哈达到女方家，向女方的父母献哈达，如果女方长辈接受了哈达，就表示同意将女儿嫁给男方，拒绝就等于不同意。

青年男女双方和父母长辈同意成亲，就选定良辰吉日，由男方长辈再次派3—5人带着糖果、糕点、奶酒等礼品到女方家。女方长辈设宴招待客人，共同商定举行婚礼的具体事宜。

举行婚礼时，男方选一名较有名望的人（证婚人）带着新郎、伴郎、歌手等五或七人（去时必须是

蒙古族婚礼

单数，返回时加上新娘成为双数，以示配成一对），骑马或乘汽车前往新娘家。到达后，新娘一方做出拒嫁的样子，不让迎亲者进蒙古包，并由伴娘同伴郎对歌，歌词部分为固定词，一般都是即兴之作，伴郎对答如流伴娘则把包门打开，请证婚人、新郎等入包。进入蒙古

新娘新郎给长辈敬酒

包用完茶食后，由证婚人向新娘父母及亲属敬献糕点、喜酒、绸缎衣料等礼物。然后，由女方家设宴招待迎亲客人和众乡亲。在欢乐的乐曲声中歌手们唱起《母爱》《送亲歌》等歌曲，新郎新娘向父母长辈和来宾敬酒。这些仪式结束后，迎亲人员和送亲人员同时出发。新娘到男方家时，在进蒙古包前由婆婆用银碗斟满鲜牛奶，端给新娘喝一口，以示如同用乳汁喂养的亲生女儿一样成为一家。新娘在伴娘和姑娘们的簇拥下进新房或新搭起的蒙古包，经过一番梳洗打扮，换上男方准备的全新服装后，与新郎一起到宴席桌子上向父母和来宾敬酒。长辈们接过酒杯后，以"互敬互爱、白头偕老""生活美满、家庭幸福"等祝词向新郎新娘表示祝贺。在欢乐的歌声和乐曲声中喜庆活动持续到深夜。中华人民共和国成立前遗留下来的看属相、请喇嘛念经点香、背弓挎箭、叩头跪拜、抢新娘、砸盘、新娘戴面巾等仪式逐渐消失。阿巴嘎婚礼正向着简便、文明、隆重、欢乐的方向发展。

丧葬习俗

丧葬习俗是由蒙古民族生活环境所决定的。牧民葬礼极为简单，一般不设灵床、不摆贡品、不穿孝服、不烧纸钱、不用音乐、不向亲友讣闻。不论贫富贵贱，丧葬一般都要请喇嘛念经，葬式多半是野葬。极个别的王公贵族或被认为不祥死亡者有火葬、土葬。

野葬又叫天葬。人死以后用白布或衣服缠裹，用车拉上死者，在荒野中颠簸，尸体颠落到哪里，就视为葬在哪里，而后任野禽去啄食。三日后拜祭，其被禽兽吃掉了，则认为死者升天，示后人吉祥之兆，若尸体还在，则认为死者生前有罪，罪恶未消，需请喇嘛念经，替死者消灾、忏悔，并把黄油涂在死者身上，求得早一天被禽兽吃掉。野葬后，子孙在四十九天或百天内不剃发、不饮酒、不作乐，遇宾客不寒暄，以示哀悼。

礼节礼仪

阿巴嘎旗蒙古族民风淳朴，性格豪爽，热情好客。两人见面互问"sane bainu"（问好之意），并问全家好、牲畜情况及其他。客人下马后主人到蒙古包外迎接，同时为客人看狗。随即请客人进入蒙古包，至亲长辈和尊贵客人到来，则行请安礼：男子跪右膝，左腿向前弯曲，上身前伏，手心向上递上茶水；女子则屈双膝，双手端碗递上茶水。客人请进蒙古包后，尊者坐正面，来客入右侧，主人坐东面，无人时，进蒙古包后从左绕到右边客人就座。来客依次坐定后，客人取出自己的烟，请主人吸，主人也将自己的烟递给客人，互相敬烟，互相叙话。就座、敬烟、献酒、吃饭必先让老者、长辈，晚辈次之。客人离席，主家要送出蒙古包外数步，并说路途安康。

待客

喝奶茶时，主人总是把黄油、奶皮子、奶油、油炸馃子、炒米、奶酪、手把肉摆在客人面前，请客人饱餐。若对客人表示特别敬意时常把奶壶、酒壶托在哈达上敬酒，有时还唱一些表示欢迎和友好的歌曲来劝酒，客人接过酒杯畅饮，主

人格外高兴。遇到宴请特别尊贵的客人或举行祭祀行仪式时，常摆整羊席，蒙古族叫它"乌查"，也有叫"秀斯""布乎利"的。

献茶

用双手或用右手献茶，接受者也以同样的方式接茶。喝完可再要，但主人给倒的茶，必须喝完，以表示对主人的尊敬。

敬酒

蒙古人视酒为饮品中的精华。敬酒是表示对客人、尊长的欢迎和尊敬。敬酒是用双手捧杯，身略微前躬，接受者也同样接酒。在喝之

全羊

93

前，用无名指蘸酒向上下各弹三下，表示敬天敬地，然后才开饮。凡遇招待尊贵客人和隆重节日，就将酒托在哈达上并伴祝酒歌。

敬鼻烟壶

敬鼻烟壶是蒙古族世代相传的一种习惯。过去成年人腰间佩戴鼻烟壶，见面时用右手递出，换着嗅一嗅，再递给对方，用左手接回。如果不是同辈人互换，长辈接收时只微微欠身，晚辈则跪，用双手将鼻烟壶举过鼻端敬给长辈，收回时亦行同样礼节。鼻烟壶2—3寸大小，状如小鸭梨，呈扁形，镂刻图案，小巧玲珑。其质多为玛瑙、玉石、翡翠、珊瑚、金、银、铜。壶内装有香料粉或卫生药品，称为"红灵丹"。

献哈达

哈达是藏语音译。常在迎宾、馈赠、敬神、拜年以及喜庆时使用，表示敬意祝贺。这种礼仪由来已久，据《马可·波罗游记》记载，蒙古族过年时都会用金银玉石做的礼品同白色绸布一起敬献。哈达有布的，有绸或棉做的，颜色多为白色、浅蓝色。长短不等，一般在1.2—1.5尺，两端有丝，约半寸。也有长到三尺的，只用于献佛。献哈达时须用两手捧着，身体微躬，接受的人也持同样的姿势。

时令节庆
岁时习俗

生育 阿巴嘎旗蒙古族妇女生育时，在蒙古包内门右边垫上皮褥子或毡子，准备床铺，整个屋内箱子、橱柜的锁都开着，分娩时请接生婆接生。有些官吏、富户或喇嘛户孕妇分娩要拜火神或到寺庙拜佛。出生的婴儿要吃开口奶。如母乳未下，请别的有奶妇女喂奶，称其为"奶母"。婴儿出生3—7天给洗澡。为防止受凉，其母七天后才坐起，在整个月子里吃稀粥、面条或煮烂的羊肉。生小孩后户外人来问好，看婴儿。七天或满月后父母或有威望的人给起名，有的请喇嘛起名。婴儿出生满月后一般睡在摇车上。

婴儿出生一周岁时穿缝制比较简单的开襟衣服。孩子3—7岁以母亲教育为主，教会日常生活用语和民俗礼节，并专门让孩子参与幼畜的管理。因此，牧民子女从小就学会骑马，有的很小就参加赛马比赛。

剃头 阿巴嘎旗蒙古族一般没有给幼儿过"满月"和"百岁"的习惯。幼儿在3—5周岁时有剃头的习俗。牧民在给小孩剃头时，要设宴庆贺，招待亲朋好友。

寿庆 按传统习俗，人到60岁过生日方称"过寿"。蒙古族讲究祝寿在本命年，即61、73、85、97岁。阿巴嘎旗牧民一般在腊月二十六至正月初的几天内，家里如果有61岁以上过本命年的长者，或有60、70、80、90、100岁老人者，全家族欢聚一堂，庆祝老人长寿。祝寿时小辈要赠送绸缎袍面、棉毯、糕点、瓶装酒等，过寿长者要给晚辈回送月饼或其他纪念品，并祝他们健康长寿。原阿巴哈纳尔右旗人从13岁就开始过本命年的习俗，延续至今。

节庆习俗

蒙古族最重要的传统节日也是春节，即过小年和大年（春节）。

农历腊月廿三，蒙古族也称"小年"，是送火神爷的日子，很受重视。

一般进入腊月十五，人们就着手做过大年的准备工作，开始"调马"、清扫蒙古包并进城采购烟酒糖茶。到了腊月二十三和二十四这两天，要祭炉灶、供火神。

除夕来临时，牧区里的左邻右舍都要相互请喝茶。待夜幕降临后，先是在家庭内部进行除夕礼仪，儿女们要给父母和长辈敬酒祝愿。按常规这一顿要多吃多喝，酒肉剩得越多越好。家内礼仪完成后人们便聚集在最年长者家中，开始除夕"乃日"（意为宴会）。之后

到每个曾邀请过自己的人家中做客。有时因人家多，宴会要通宵达旦进行。若家中有年过花甲的老人，宴会的时间则要长些。除夕，将羊背、羊胸骨及供赠礼品所用的炸果子、整块肉做好，并把整羊煮熟，羊头放在羊背上，供来者品尝。

大年初一，晨曦初现时开始拜年，首先要祭天。家里留一二位老年人或妇女，其余人身着节日盛

拜年

装，手提银壶奶茶，端着满盘奶食品、油渣、熟肉等食物，来到用雪或羊粪砖垒好的祭台上，将带来的供品一部分摆在台上，一部分扔向天空，然后叩头祈求风调雨顺、人畜平安。接着在家庭内部拜年，全家老幼都穿上崭新的节日盛装，先由晚辈手捧哈达向长者叩拜，然后对碰哈达，互相问候"过年好"；有时老年人和喇嘛用玛尼珠拜见。喇嘛拜年没有叩头习俗。长者要祝福晚辈幸福长寿。接着晚辈向长者敬酒，共进早餐。家族拜年后，牧民之间互拜。左邻右舍拜年的形式大致与家庭内部拜年相似。先到长者的家庭拜年，人们首先到最年长者家中，进门时依年龄大小先后而进，拜完年后至少献两首颂词、三支歌。随后自动结伴而行，每到一户，要以同行者的年龄大小排列进家。家里如有祝寿或过本命年的长

者时，同样赠送礼物。

以前，初一还会请喇嘛到家中念经，求活佛保佑，以求消除一年的不祥，祈求新年的顺利和平安。

正月十五，各寺庙最为活跃，过去大喇嘛头顶法帽，坐台念经。有的寺庙喇嘛还头戴假面具，身穿彩服，扮成天王、菩萨、马面、牛头诸像，在坛台上跳舞，这就是跳"查玛"舞。

此外，蒙古民族还有在进住新蒙古包、小孩剃头、祭敖包时举行节庆活动的习俗。

祭祀习俗

祭敖包 蒙古族最隆重的祭祀活动是祭敖包。敖包是蒙古语音译，也叫"脑包"或"鄂博"。敖包是"堆子"的意思，即人工堆积的圆形石堆，上面插有柳条。

敖包，最初是道路和境界的标志，起指路、辨别方向和行政区划

的作用。

阿巴嘎左旗敖包有：罕乌拉敖包（旗敖包）、杨都庙敖包、达日罕贝子敖包、恩格尔敖包、宝龙敖包、布日都敖包、喇嘛庙敖包、乌孙图如敖包、新庙敖包、查干敖包、公爷庙敖包、呼图克图喇嘛敖包、乌格也穆日敖包、甘珠尔敖包、巴彦图嘎敖包、巴彦德力格尔敖包、巴彦查干敖包、奔本敖包、乌兰温都尔敖包、伊和乌苏敖包、吉日嘎朗图敖包、布玛敖包、阿尔嘎木札敖包、阿优勒海敖包、阿拉坦敖包、翁跟敖包、宝利根敖包、图布庙敖包、阿尔善敖包等。

阿巴嘎右旗敖包有：宝格都山敖包（旗敖包）、昌图敖包、胡呼勒敖包、土敖包、哨卡查干敖包、哈如拉敖包、伊和日敖包、洪格尔敖包、哈旺敖包、呼尔查干淖尔敖包等30多个。

原阿巴哈纳尔左旗敖包主要有：额尔德尼敖包（旗敖包）、巴彦查干敖包、胡日木泰敖包、哈玛尔宝拉格敖包、喇嘛海哈沙图敖包、奥尔格勒敖包、马尼图宝拉格敖包、珠勒格图塔黑雅其敖包、巴彦宝拉格敖包、塔黑雅其敖包、巴润海日罕敖包、德格吉胡敖包、楚古拉干敖包等。

中华人民共和国成立前，盟旗有社会公祭大敖包，农历五月为主要祭敖包时节，祭旗敖包时全旗各苏木都参加，祭祀费由旗、苏木和寺庙共同筹集；王公、贵族等富贵人家还有自设的"家敖包"。各

敖包

地敖包的形式大体一样，即在圆坛之上堆积石头为台，台基上面分成大、中、小三层，重叠作圆锥体，周围插上柳条，高者达十余丈，形似烽火台，遥望犹如塔尖。

敖包的数目各地不等，有的是单独一座敖包，有的是"敖包群"，即七座敖包并列，中间大的为主体，两旁各陪衬三座小敖包。也有一座大敖包居中，东、南、西、北各陪衬三座小敖包，成为十三座敖包群。新中国成立前阿巴哈纳尔左旗的额尔德尼敖包就是由十三座敖包组成的敖包群。

祭敖包的时间多在水草丰美、牛羊肥壮的时候，即从农历五月到七月。祭祀时，敖包插上树枝，枝上挂五颜六色的布条或纸旗，旗上写经文，祭祀礼仪大致有荤祭、素祭两种。

荤祭就是把自己喂养的牛、马、羊宰杀，供奉在敖包前。这种祭法由来已久。相传游牧时代，蒙古族牧民把供自己生存用的牛、马、羊等牲畜，看成是上天所赐。因此，祭天地诸神时就要宰杀牲畜来报答。

素祭就是将鲜奶、奶食贡献在敖包前，祈求平安幸福。这种祭神的风俗也是很早就有的，《蒙古秘史》中称作"酒注礼"。

不论哪种祭祀法都要请一些喇嘛来焚香点火、诵经念咒。官民也一起围着敖包，从左向右走三圈，祈求降福。礼仪结束后，举行传统的赛马、摔跤、射箭等娱乐活动。

祭敖包

佛事活动

别力古台祭祀　据史料记载，别力古台祭祀始于元世祖忽必烈时期，是蒙古族额真（宗主）祭祀之一。圣主成吉思汗庶弟别力古台那颜，蒙古乞颜氏孛儿只斤部首领也速该·把阿秃儿别妻所生。以"搏克别力古台"著称于世，亦称搏克额真。别力古台体态魁梧，臂力过人，生性温和宽厚，是蒙古汗国卓越的政治家和军事家，同时还是在游牧文化环境中受乞颜精神影响成长起来的一代英雄。成吉思汗去世后，别力古台依旧为蒙古汗国鞠躬尽瘁，先后参加了推选窝阔台、贵由、蒙哥为蒙古汗国大位的忽里力台。关于别力古台的生卒年月无详细记载，但有他一直活到1255年或更晚的历史记载。

从前在蒙古地区，别力古台的祭祀有若干处。阿巴嘎部历代首领将别力古台祭祀尊为"额真-苏鲁德"加以奉祀，原在元上都兆奈曼苏默（一百零八庙）祭祀的别力古台寰椎骨，后来移祀至阿巴哈纳尔右旗呼日根哈依庙（普祥寺）。别力古台寰椎骨现保存在阿巴嘎旗别力古台祭祀宫。阿巴嘎部落也曾祭祀别力古台大纛。1959年，高·吉穆彦先生从家住原阿巴嘎右旗洪格尔庙附近的塔塔尔氏伊达木

别力古台雕像

老人手中获得《宗主大纛祷文》。据伊达木老人回忆，阿巴嘎人进行别力古台大纛祭祀仪式，用的就是这本祷文。在《宗主大纛祷文》中有"恩高如山的宗主大纛，影响之广的白色大纛"和"面向手持大

别力古台祭祀

刀，怒视敌人的将军大纛而跪地祈祷"的记述。

别力古台祭祀奉物主要有别力古台塑像、画像、白纛及别力古台寰椎骨。祭祀用9只成年羯绵羊术思祭祀。供品奶食为叠放在大盘的13层专供祭祀的成型奶豆腐。左、右两侧各摆一小盘装满糖枣的木碟。此外，摆放整羊术思的大供桌后面点燃27根蜡烛。

祭祀程序由点燃图拉嘎火，向阿巴嘎山水洒祭九九八十一个"萨楚里"（向上洒奶，以求山水神保佑），奉上整羊术思，向别力古台像献祭四个程序进行。祭祀期间，依次诵读艾拉都尔、祭火词、山水颂词、乳食祈语、术思祈语、别力古台祭词、额真-苏鲁德祷词。祭祀仪式结束后举行祭祀那达慕。

2009年12月22日（冬至），在别力古台文化园新塑的别力古台铜像前，隆重举行了别力古台祭祀恢复仪式。自2010年起，每年阳历7月20日进行别力古台祭祀盛典。此外，每年正月初一还在别力古台塑像前进行团拜。

文体活动

阿巴嘎部落传统的文化娱乐活动主要有那达慕（赛马、摔跤、射箭）、音乐、舞蹈等。此外，近年来民间兴起阿巴嘎黑马文化节。

赛马　是草原上最激动人心的传统体育娱乐项目。一般在每年夏季，牧业年度结束的7—8月间举行的那达慕大会上有赛马项目。参加

入场

赛马的人有儿童、青壮年及白发苍苍的老人。赛程通常25—35公里，比赛选手不穿靴袜，只穿华丽的彩衣，头上束着红绿绸飘带，英姿飒爽。参赛的马在赛前专门调教训练，跑起来健步如飞。比赛开始后骑手们跃马竞驰、扬鞭飞奔，观众欢呼声响彻草原。比赛结束为取得第一名的骑手身上撒奶酒或鲜奶子，表示祝贺，并有专人朗诵赞马诗。

搏克　搏克是蒙古族群众最喜好的体育运动，也是从阿巴嘎旗改制创名进而走向全国的。搏克也是那达慕会上的竞赛项目，群众赞颂摔跤手是草原上的英雄、好汉。搏克比赛报名不分民族、不分地区、不限年龄、不限体重。摔跤的规则是轮着进行，一上来就互相抓握，膝盖以上任何部位着地为失败。比赛实行单淘汰制，一跤定胜负。搏

赛马

搏克

搏克

克手的服装比较讲究，上衣用牛皮　　中间有铜镜或"吉祥"一类的文
制作，上面钉满银钉或铜钉，后背　　字；下半身穿肥大的白裤子，外面

再套一条绣有各种动物和花卉图案的套裤；脚蹬蒙古靴或马靴。优胜者脖子上常套有五颜六色的布条项圈。比赛场地简单，有一片草坪或软的空地即可。观众席地而坐，搏

猎，后来成为一项民间娱乐活动。蒙古民族曾以能骑善射著称于世。随着冷兵器时代的结束，弓箭的作用越来越小，逐步失去了它原有的地位。现在，射箭的技艺已在民间

射箭

克手在中间进行比赛。赛前，双方都有人放声高唱挑战歌，以助声势，两三遍后，双方搏克手跳着鹰舞出场，向群众致意，点名后比赛开始。一对跤手争斗相扑，盘旋相持，腿膝互击，直至一人倒地。然后胜者扶起败者，相互握手，向观众致谢。胜者进入下一轮，直到最后定出名次。

射箭 射箭主要用于军事和狩

失传，那达慕大会大多也不举行射箭比赛了。

蒙古象棋 用木头或其他材料雕刻，棋盘和棋子与国际象棋相同，棋子有自己的叫法，如王、后、驼、马、车、兵，规则与国际象棋大同小异。棋盘有深、浅两色间隔排列的64个小方格。浅色的小方格称"白格"，深色方格称"黑格"。棋子共32枚，双方各16枚，

蒙古象棋比赛

具体为诺颜（王爷）、哈屯（王后，也称波日斯）各1枚，哈萨嘎（车）、骆驼、马各2枚，厚乌（儿子）各8枚。对弈时白格先走，以后双方轮流各走一招儿。"王"被对方将死，就算输棋。双方均剩"王"或双方只剩同色格的单骆驼算和棋。

沙嘎那达慕　沙嘎，指羊踝骨。沙嘎那达慕，就是沙嘎的各种玩法。这在阿巴嘎旗牧区很流行。沙嘎的宽凸面叫"好尼"（绵羊），宽凹面叫"伊玛"（山羊），窄凸面叫"毛日"（马），窄凹面叫"乌和日"或"特模"（牛或骆驼）。沙嘎正立的叫"翁高"，倒立的叫"通高"。有以下几种玩法：一是掷"斯英"。参赛者每人分数量相等的沙嘎，然后

按年龄大小或猜拳分先后用四只"哲麦"掷，如出现四个"乃吉"，或四个都不一样的"曹好日"，或带峰的马（三马一绵羊），或带耳的马（三马一山羊）时，掷者为赢家，输者付一定数量的沙嘎。假如出现两马两绵羊或两马两山羊时，掷者为输家，即付给其他参赛者一定数量的沙嘎。最后按赢沙嘎数量多少定名次。二是"赛马"。参赛者各选一只有标记的沙嘎为自己的"马"，然后将其余沙嘎（一般为60只）合在一起。参赛者轮流掷各自的马，谁先掷出"马"谁为胜者。"赛马"还有一种玩法，就是把五六个沙嘎堆在一起当敖包，其余的摆成一条线，参赛者把自己选好的"马"放在向敖包前进的起跑线上，然后轮流掷"哲麦"，每出现一

打沙嘎（打羊拐）

次"马"，自己参赛的"马"向前挪一步，谁先到达敖包谁为胜家。

还有一种玩法，打沙嘎（打羊拐）参赛者把数量相等的沙嘎混在一起轮流掷，然后用手指弹打相同的，如马与马，牛与牛，但不能动别的沙嘎，否则为犯规。这样循环往复，将全部沙嘎收回的为胜者，余者依失去沙嘎先后而列名次。

打"哈拉扎"　两个人参赛，相距9尺，每人面前各摆一小桌子，上放一只当"靶"的沙嘎，再选四只沙嘎作"子弹"，然后每人拿一双筷子，把手指上的"子弹"弹出，打中对面的沙嘎，并将其打落桌下。

掷十二匹"马"　参赛人选12只沙嘎，轮流掷，谁先掷出12匹

打"哈拉扎"

"马"谁为胜。

马头琴　是蒙古族特有的民族乐器之一，已有1300多年的历史。相传马头琴的来历是：有个牧民为怀念他死去的小马，取小马腿为柱，头骨为筒，马尾为弦制作而成。马

马头琴演奏

头琴的最大特色是琴弦和弓弦一杆，都是用马尾制成，不像其他乐器的琴弦使用金属弦和丝弦。马头琴以模仿马的嘶鸣声和马蹄声惟妙惟肖而著称。

阿巴嘎潮尔道 阿巴嘎潮尔道是古老而独特的一种多声部民歌表演形式，原意为"回声、响应"。它采用浑厚的男声组合伴奏，歌手均为男性。演唱时从嗓音发出声音，胸腔共振，调整口形，以产生不同的音色。

2008年阿巴嘎旗被自治区命名为"潮尔道之乡"，2011年5月入选第三批国家级非物质文化遗产名录。

哈日阿都文化节 2009年7月，阿巴嘎旗举办了首届哈日阿都文化节。2010年10月，在阿巴嘎旗召开中蒙两国"马奶生产基地建设项目研讨会"分会。2011年，举办阿巴嘎旗第二届哈日阿都文化节暨中国马文化摄影创作基地、内蒙古哈日阿都摄影创作基地、内蒙古影视剧

阿巴嘎潮尔道

哈日阿都文化节活动（一）

拍摄基地揭牌仪式。

　　哈日阿都文化节为期两天。"哈日"意为黑色，"阿都"是指马。文化节活动有长途赛马，两岁赛马，场地赛马，黑马选美，套马，驯马，驰马拾哈达，制作套马杆、马笼头、马绊，组装马鞍，搓毛绳，策格制作能手，饮策格共14

哈日阿都文化节活动（二）

哈日阿都文化节活动（三）

哈日阿都文化节活动（四）

项赛事。届时与哈日阿都文化节配套举办民族文化体育活动，有搏克比赛、射箭比赛、牧民广场文艺展演等。

禁忌及其他礼俗

禁忌

在阿巴嘎蒙古民族习惯中，骑马或坐车到牧民家做客，接近蒙古包时，要轻骑慢行以免惊动畜群。进蒙古包前马鞭和马棒要放在门外，入包后坐在右边，离包时要走原来的路线。出包后不要立即上马、上车，要走一段路。家里若有病人，便在包门左侧缚一条绳子，把绳子的头埋在地下，表示主人不能待客，来访者不应进门。

如在蒙古包内借宿，睡觉时腿脚不可伸向西北角，因为西北角是供奉佛祖的地方。

火忌 蒙古族崇拜火，认为火神或灶神是驱妖辟邪的圣洁物，所以人们进入蒙古包后，禁忌在火炉上烤脚，更不许在火炉旁烤湿靴子和鞋子。不得跨越炉灶或脚蹬炉灶，不得在炉灶上磕烟袋、摔东西、扔脏物。不能用刀子挑火，不得将刀子插入火中或用刀子从锅中取肉。

忌蹬门槛 到牧民家做客，出入蒙古包时，绝不许踩蹬门槛。在古代，如果有人误踏可汗宫帐的门槛，即被处死。

水忌 蒙古族认为水是纯洁的神灵，忌讳在河流中洗脏衣服或向河流中扔脏物。这是由于草原干旱缺水，牧民逐水草放牧，无水则无法生存，所以牧民习惯节约用水，注意保持水的清洁，并视水为生命之源。

平时交谈，不宜用烟袋或手指人的脑袋。忌摸头，忌打狗，忌外人进入产妇住处探访。

其他礼俗

屠宰牲畜 阿巴嘎旗蒙古族牧民宰羊采用的方法是，在羊的胸口下割一小口，手伸进羊胸，捅破胸膜，直伸脊椎前将主动脉拽断，使羊迅速死亡，羊血很干净可以灌血肠。宰牛和骆驼时用刀子将头顶部中间脑神经附近的主动脉刺穿，牲畜立刻摔倒死亡。这种宰畜方法比割颈方便简单且用人少。

风味特产

HUASHUONEIMENGGUabagaqi

风 味 特 产

FENGWEITECHAN

阿巴嘎美食，历史悠久，风味独特。它取材于自然，制作精细，口味醇厚；唇齿之间，令人难舍其鲜，更令人回味无穷。

阿巴嘎人在很长的时期内过着逐水草而居的游牧生活，畜牧业生产历史悠久。因出产牛、羊、马、骆驼等牲畜及畜产品，所以形成了以肉、奶制品为主食的饮食习惯。

赏心悦目的查干伊得

以奶为原料制成的食品，蒙古语称"查干伊得"，意为圣洁、纯净的食品，即"白食"。阿巴嘎牧民与其他地区蒙古族一样，以牛、羊、马、驼的奶为原料，制作种类多样的奶食品，作为日常饮食的主要组成部分，四季与奶茶同食，是奶食中的上品。对于阿巴嘎旗蒙古族来说，不仅是四季不可缺的主要食物之一，更是挤奶盛季每日饮食的主要组成部分。奶食品营养特别丰富，美味可口又耐饥饿。

奶豆腐

在阿巴嘎旗南部苏木大部分牧民制作这样的奶豆腐：形状大多为正方形，厚度为两指左右。做这种奶豆腐时，在酸奶中加入黄油会使奶豆腐变得软糯，口感更好。过程为生牛奶凝固后将上面的一层嚼克取出，将剩下的酸奶放在锅里熬煮，熬出乳清倒出，将凝固的部分充分揉捏后倒进特制的模具中成型。

奶豆腐

酸奶豆腐　蒙古语称为"阿日查呼如达"，是阿巴嘎旗蒙古族独有的一种奶食品，形状细长如鞋垫，口感绵柔酸爽。阿日查呼如达是用查嘎（酿酒时煮沸的艾日格称查嘎）制作的。将查嘎放入三角形

酸奶豆腐

的布袋里，将乳清流尽，夹在用两个平板木头做成的压榨器中，上面用石头等的重物压实，将乳清沥尽，这样过滤出的查嘎叫阿日查呼如达。将阿日查呼如达用毛绳、线等工具切成手指薄厚的酸奶豆腐。阿日查呼如达还可做成银币酸奶豆腐。模具是银币大小的圆形，比银币稍厚的铜制品。在阿日查呼如达内掺入糖后放入银币形模具晾干得名银币酸奶豆腐。食用群体主要针对孩子，可与奶皮子等拌在一起吃。还有就是摆盘或是放在祭祀盘上。

还有一种酸奶豆腐阿如拉，阿巴嘎旗牧民制作阿如拉时多用阿日查制作。雨水多的时节，奶豆腐不易干，因此制作成阿如拉。制作阿如拉主要是将酸奶渣攥制的酸奶干和用漏勺挤出做成虫状的酸奶豆腐。阿如拉能在茶中快速软化，增加茶的味道，深受牧民们的喜爱。

酸奶浮渣 酿蒙古酒时，沸腾的查嘎沾在锅盖内外和酒漏底部的部分，叫酸奶浮渣。除可直接吃以

酸奶浮渣

外，还可与牛奶和查嘎搅拌在一起做阿如拉。它的口感比较油腻。

比稀拉嘎 俗称生奶豆腐。将生奶或是熟奶倒进锅里加热后，沿着锅沿倒入少许酸奶、黄油和发酵的奶酪等，凝固后倒入用布做的器具中沥干水分。然后将装在器具中的凝固物放在重物下面进一步沥干。奶豆腐与其他奶食比起来每天做得比较少，一般放入盘中与奶皮子、嚼克同食或是直接食用。

额吉给 俗称奶渣子，额吉给的原材料为熟牛奶，主要给孩子们食用。做完奶皮后用慢火熬干即成额吉给。额吉给加入黄油和白糖后，制作成一种奶食叫做查日查麻嘎。

奶皮子

蒙古语称"乌日莫"，是奶食品系列中的佳品，营养价值颇高。

奶皮子

用绵羊或山羊奶、牛奶熬煮后制成奶皮子。奶皮子制作过程是将奶放入锅中用温火熬煮，烧开后将火调小，扬出泡沫。泡沫逐渐消失的时候，用慢火继续加热，加入嚼克。做奶皮的时候把奶子扬出泡沫，将泡沫慢慢消散，不能用风扇消散泡沫。做好的奶皮子放置一天后第二天完整取出。羊奶做的奶皮子比牛奶做的奶皮嚼克稍厚。夏天因天热奶皮子薄，嚼克少，入秋天凉时奶皮子开始变厚，所以一般秋天才开始做奶皮子。

嚼克

将生牛奶放置桶或盆中久置后上面形成的部分，或是制作奶皮子的时候下面形成的部分叫嚼克。是牛奶经发酵后最上面的一层奶油，可以加糖拌炒米或兑茶或沾着吃。嚼克是牧民非常喜爱的奶食之一。将嚼克单独食用或是与奶子一起兑入奶茶后奶茶将更加好喝。用嚼克

还可制作黄油。

白油

蒙古语称"查干陶苏"，也叫酸油，在冬春季节食用。将奶皮子

白油

融化后加工成黄油，剩下的渣子叫白油或酸油。白油是牧民喝奶茶时的重要辅食。

黄油

蒙古语称"希日陶苏"，味道独特醇香，含有丰富的营养物质，是牧民招待宾客的佳品。在招待客人的盘食中将大块儿黄油放在最上层；用于送礼的油炸面食中放入黄油调味，将黄油作为底油炸面食；将黄油点燃用于拜佛；用黄油祭火。牧民认为奶皮子提炼出的黄油比嚼克中提炼出的黄油味道更香更美。尤其是老人们，在条件允许的情况下，饭食中首选奶皮子（奶酪）提炼出的黄油作为辅料。

黄油有两种制作方法，分别是从奶皮子和嚼克中提炼。从嚼克中

黄油

提炼黄油的方法是，将收集的嚼克放入铸铁锅里，多次搅动，用勺子将上面分解出来的一层油放入专用的容器里，冷却后即可。

馥郁芳香的鲜奶饮品

奶茶

蒙古语称"苏台沏"，是蒙古族日常生活中最常饮用的茶，用牛奶熬制。奶茶营养丰富，具有提神、开胃、助消化、解渴等作用。奶茶所用的茶叶是青砖茶，因为砖茶含有丰富的维生素C、单宁、蛋白质、芳香油等人体必需的营养成分。做法是将砖茶（青砖茶）掰碎，加适当水到锅里熬煮，直到茶汤变成红色，滤掉茶渣，慢慢倒入牛奶，用勺子将奶茶扬起，沸腾一小会就可出锅，用保温瓶装，饮用时还可以加上炒米、奶豆腐、奶皮子同食。奶茶是补充人体营养的一种主要方法。每日清晨，主妇的第

一件事就是先煮一锅咸奶茶，供全家整天享用。蒙古族喜欢喝热奶茶，其味芳香，咸爽可口。早上，他们一边喝茶，一边吃炒米，将剩余的茶放在微火上暖着，以便随时取饮。通常一家人只在晚上放牧回家才正式用餐一次，但早、中、晚三次喝奶茶，一般是不可缺少的。

马奶

蒙古语称为"策格"，是一种营养价值高的奶制品饮品。阿巴嘎旗是锡林郭勒盟最喜挤马奶的地区。

为了区别于牛奶制成的艾日格，牧民将马奶称作策格。因马奶稀，所以看起来很清。饮用策格后，短时间内就可以为人体补充营养和大量的能量，可缓解陈年旧病，有较好的疗养效果。策格也是招待宾客的好饮品。路过挤马奶的牧户时，没有不走进牧户的行人，也没有不给客人敬策格的牧户。发酵策格时需要经常倒入新马奶使发酵体保持适量状态，所以需要大家经常饮用容器中的策格，使其处于

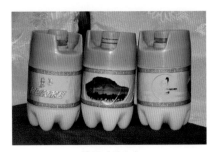

策格（马奶）

半缸、半壶状态，因此策格成了公众性的保健饮品。在牧区，不是所有人都会喝酒，但是人们都会饮策格，饮策格会使人有醉意从而欢乐热闹起来。策格原本是凉性饮品，所以人们不会慢慢地细细品尝，而是大口大口地喝。

制作发酵策格时可以用各种酵母，最好是前一年留存下来的干酵母。留存酵母时将可大量吸收液体的布子放入策格中，再拿出来晾干。将晾干的酵母再放入马奶中发酵马奶制策格。用这样的酵母发酵策格，策格不会发错酵变味，发酵快，味道也正。另外也可将小米捣碎做酵母，或捣碎用策格制作的奶豆腐做酵母，还可以把牛奶制成的艾日格当作酵母。要将策格倒入皮奶桶、瓦缸、瓷缸等容器中，以使策格保持低温的状态。挂起来的皮奶桶下方挖个洞，填满水使其保持凉爽状态；将瓦缸、瓷缸等容器坐在有水的坑里，间隔一小会儿将稠的部分分离开。这些都是保持酵母强效、味儿正的必要条件。立秋后天气慢慢变凉，为保证策格不变味，不过于酸，可将策格置于阴凉处，到冬季时，将策格倒入皮奶桶里冻存，需要时拿出来融化后饮用。

酸奶

蒙古语称"塔日嘎"，一般在春末炼制。将煮熟的牛羊奶晾温后加入酵母调匀并放入专用容器中，用盖子盖好，将盖子周围捂好。春季凉时，如果不捂好就很难变酸。炼制塔日嘎的酵母有多种多样。捣碎的酸奶豆腐、煮沸的砖茶白沫等都可以当作酵母。还可以用呼日艾日格做酵母，或者将风干的塔日嘎捣碎后浸泡奶里制成酵母。

塔日嘎分稀塔日嘎和额力根塔日嘎（浓塔日嘎）两种。在容器里捂放后再不搅动，静待发酵的塔日嘎称浓塔日嘎，也称额力根塔日嘎。调好后，一而再再而三来回搅拌发酵的塔日嘎称稀塔日嘎。塔日嘎是一种能充饥且营养价值高的饮品。春季食物贫乏不足时，用塔日嘎当作晚饭的牧户很多。也有牧民将塔日嘎煮后制成甜软的酸奶豆腐。

艾日格

阿巴嘎人将艾日格分为马奶艾日格（策格）和牛奶艾日格两种。酿艾日格的目的是提取油、酿酒和制作奶豆腐。下面主要介绍牛的艾日格。阿巴嘎人在奶源丰富的夏季开始制艾日格。发酵艾日格时将生奶或熟奶放入专用的木桶里，加入酵母，来回捣，调匀发酵。艾日格可用塔日嘎和比稀拉嘎的乳清发酵，或者用其他牧户已发酵好的艾日格当作酵母，称为接取酵母。有用生奶换取酵母的习俗，即在接取酵母时在取酵母的容器里放入生奶。

阿巴嘎人用生奶酿艾日格，奶源少的情况下也用熟奶酿制。用生奶酿制的艾日格味道远超过熟奶酿制的艾日格。

浓郁醇香的乌兰伊得

以肉类为原料制成的食品，蒙古语称"乌兰伊得"，意为"红食"，是具有浓郁的游牧民族特点的名贵佳肴，同时也体现了蒙古族的热情和豪放。

手把肉

是蒙古族日常生活中羊肉的主要吃法。清煮羊肉煮熟后立即食用，以保持羊肉的鲜嫩，特别是在做手抓羊肉时，忌煮得过老。具体做法是将肥嫩的绵羊开膛破肚，剥皮，去内脏去头去蹄，洗净后卸成若干块，放入白水中清煮，待水滚肉熟即取出，置于大盘中上桌，大家手拿蒙古刀割着吃。吃肉时一手把着肉，一手拿着刀，割、挖、剔、片，把羊骨头上的肉吃得干干净净，所以得名"手把肉"。

全羊

用成年羯绵羊制作的全羊有两种。分别是布呼勒祖玛和布呼勒锡古苏。成年羯绵羊布呼勒祖玛是把羊的毛烫揪后，把内脏取出，不把羊的骨头分割，而是把羊整体煮熟，羊犄角和羊蹄都不分割，按照站着或跪着的姿势，把羊头朝人方向放置。成年羯绵羊布呼勒锡古苏

手把肉

是在盘底把羊的胸叉骨和脊梁骨放在最底层，按照活羊的肢体结构，上面放羊的两个前腿和两个后腿，在其上面放置肩部，在最上层放置羊头并配放奶食品。其中，心脏、肝、肾、大肠等内脏也跟随放置。

羊盘肠

是阿巴嘎旗蒙古族特色菜肴之一，味道独特，民族风情浓郁，深受牧民的喜爱。做法为：将羊宰杀时，接羊血，在羊血中加入少量葱、白面、荞面、沙葱、羊油、盐等调料，拌好待用。将羊小肠取出，不破坏原有形状的基础上洗净，然后将备好的羊血等灌入小肠中，直至灌满，放入温水中慢煮，熟透后，整个取出置于盘中，用刀

割食。

独具特色的蒙古面食
蒙古包子

蒙古包子是蒙古饮食里面排在全羊席后面的贵重食物。红食包子用纯肉做馅，加点沙葱、羊胡草等调味品。阿巴嘎有圆形包子、月亮形包子、羊形包子，做法是右手提边向前捏，左手向后转。月亮形包子、羊形包子接待客人时不做，平

蒙古包子

羊盘肠

卷子

常家里吃的时候做。肉少的时候可用湿酸乳或奶皮子加沙葱、韭菜做查干伊德包子。

卷子

将面团揉光滑后用擀面杖擀成面皮，再涂抹一层黄油或将肉、菜均匀的铺满面皮，从一头卷起，卷成长条状，上锅蒸15—20分钟。

汤面

汤面分别为肉汤面和奶汤面。

肉汤面做法为：首先把羊肉切大块，在锅内放入冷水再将羊肉一起放进去，等到水开锅以后，下入面条或面片。一般夏季做汤面，会放入沙葱等调味；冬季做汤面，会放入羊胡草、酸奶等调味。

奶汤面做法为：首先把奶放入煮汤面的锅中，奶的量比水多，一般常用牛奶，煮沸后把面片放入锅里，同时将嚼克、奶皮、黄油混合后放入汤中，出锅后再根据个人口味放入沙葱、韭菜等调味。

疙瘩汤

疙瘩汤做法简单而且快，羊肉汤开锅后，加面搅散，再放些沙葱、羊胡草等调味品。

阿木苏

一种素食。把大米或小米焖好后，加入黄油、红糖、白糖、红枣、葡萄干，做成什锦稠粥。多用于节日、祭祀时摆放。

当代风姿

HUASHUONEIMENGGUabagaqi

当 代 风 姿
DANGDAIFENGZI

今天的阿巴嘎各族儿女共同描绘出一幅经济发展、社会和谐、人民安居乐业的美丽画卷。在新的历史时期，一曲曲更加激昂、奋进的壮美乐章正在阿巴嘎草原上回响、激荡。

沧海桑田
——社会主义建设成就展示

中华人民共和国成立前，阿巴嘎旗牧民一直过着游牧生活，牧区生产方式落后，牧民生活困苦。1946年5月，内蒙古自治运动联合会首次派十余名干部到阿巴嘎草原开展民主改革工作，建立了牧民会，推翻了封建奴隶统治，建立了民主政权，阿巴嘎旗牧民的生活开始好转。

中华人民共和国成立后，牧民生活水平逐步提高。1952年，阿巴嘎旗人民委员会提出1953年全旗国民经济发展计划指标，年底各项计划指标均完成或超额完成。1953年，阿巴嘎旗制定了"一五计划"（1953—1957年），"一五计划"按照牧区"以牧为主"的方针，优先发展畜牧业生产，对供销合作社、手工业社组实行指令性社会主义改造计划，并于1957年末如期完成。第二个五年计划（1958—1962年）的初期，阿巴嘎旗同全国一样进入"大跃进"时期，1963—1965年进入三年国民经济调整时期。1966年，全旗第三个五年计划

成吉思宝格都山远眺

（1966—1970年）只制定了牧业及工业基建年度计划，建起了拖拉机修配厂和两个机械化国营服务站，实现了打贮草、剪毛、提水、运输机械化或半机械化。

第四个五年计划（1971—1975年）期间，新建和扩建了煤矿、发电厂、乳品厂等一些小型骨干企业。1975年，阿巴嘎旗计划委员会制订了"五五计划"（1976—1980年），重点是加强畜牧业和轻工化。期间，新建和扩建了食品冷库、巴彦高勒水电站、24个牧区草原建设点、社办牧机修配点等项目，使定居建设和畜产品加工进一步扩大。1981年起的第六、第七个五年计划（1981—1990年），体现了牧区"草畜双承包"生产责任制及城镇经济多种经营承包制原则，同时把加强基础设施建设、计划生育列入各年度计划内。第八个、第九个五年计划期间（1991—2000年）阿巴嘎旗综合经济实力明显增强，产业结构发生显著变化，畜牧业综合效益进一步提高，人民生活

萨如拉图雅嘎查水电站

水平持续提升。

进入21世纪，阿巴嘎旗各项事业发展进入了一个新阶段。"十五"期间（2001—2005年），中共阿巴嘎旗委、旗政府始终坚持以经济建设为中心，牢固树立和全面落实科学发展观，紧紧抓住发展这个第一要务，采取切实有效的措施，推动了经济建设的持续健康发展，跟上了全盟快速发展的步伐。"十一五"时期（2006—2010年），以推进经济转型和实现跨越式发展为目标，继续深入实施四大战略、一个工程，加快推进"三化"进程，提高三项收入，努力实现经济社会全面协调可持续发展，全旗经济社会实现了新跨越，步入了良性发展的快车道。

"十二五"时期（2011—2015年），是阿巴嘎旗加快推进富民强旗进程、全面建设小康社会的关键时期，也是全旗扩大经济总量、转变经济发展方式、实现跨越发展的重要阶段。期间，中共阿巴嘎旗委、旗政府始终坚持加快发展、创新发展、协调发展、开放发展、共享发展的原则，牢固树立加快发展的思想不动摇，以创新发展为主题，以加快转变发展方式为主线，按照"保护生态环境、转变发展方式、扩大经济总量、实现富民强

旗"的总体要求，加快推进新型工业化、城镇化和畜牧业现代化，全旗综合经济实力明显增强，产业发展层次显著提升，生态环境、城乡面貌、民生事业进一步改善，为全面建成小康社会打下了坚实基础。

综合经济实力明显增强

"十二五"期间累计实施亿元以上重点项目12项，完成固定资产投资212亿元，公共财政预算收入年均增长5.3%。地区生产总值增长到67.5亿元，年均增长14.6%。人均生产总值达到15万元，实现了翻番，高于全盟平均水平。工业转型升级取得实质性进展，灰腾梁风电、金地铜钼矿和冀东水泥等重点工业项目建成投产，规模以上工业企业达31家。特别是查干淖尔煤电一体化项目纳入锡林郭勒盟至山东特高压输电通道配套电源点并启动建设，项目达产后可就地转化原煤480万吨以上，并全面释放风电产能。累计投入资金8亿元用于加强水、电、路等基础设施建设，形成方便快捷城乡交通网络、"一纵四横"

的电网。

草原生态环境明显好转，现代畜牧业发展成效显著

五年累计投入生态建设资金5.7亿元，扎实推进京津风沙源治理、草原生态补奖、重点区域造林绿化和矿山地质环境综合治理等重点生态工程，完成草原生态建设面积101.4万亩。加快转变畜牧业发展方式，强化标准化畜群繁育基地建设、黄牛改良、西门塔尔牛繁育引进和种公羊集中管理等工作，不断提高畜牧业生产效益。紧紧围绕"肉乳马草"特色产业，抓住基地、牧户和企业三个关键环节，努力培育家庭牧场、联户经营和牧民合作经济组织，培育和引进了一批产业链条长、带动能力强的畜产品加工龙头企业，提升了产业整体发展水平。全旗畜牧业生产初步实现了由数量扩张型向质量效益型的转变。

城镇面貌发生明显变化

五年累计投融资20.5亿元，城镇化率达到47%。开工建设了一大批道路、给排水、集中供热、绿化、美

现代工业基地

辽阔草原

广场

化、亮化、电力、通讯、地下管线建设、城镇棚户区改造及牧区危房改造项目，有效改善了城镇基础设施状况，市容市貌显著改善。

民生事业发展明显进步

五年来，财政用于民生领域支出达24.6亿元，年均增长11.2%。城乡居民收入年均增长11.7%和11.9%，城镇居民收入突破3万元大关，牧民收入提前翻番。实现1366户4168人稳定脱贫。安置城乡就业1.1万人次，"零就业家庭"实现动态为零，城镇登记失业率控制在较低水平。社会保障覆盖面继续扩大，保障水平进一步提高。教育卫生事业全面推进，蒙古族小学、奥登幼儿园和旗标准化综合医院等一批工程投入使用，公共服务水平进一步提升。民族文化大旗深入推进，阿巴嘎博物馆、阿巴嘎广场和别力古台文化园等标志性设施建成使用。"瑙敏·阿巴嘎"那达慕、"哈日阿都"文化节等系列文化品牌在锡林郭勒盟内外产生了积极影响，旗乌兰牧骑被授予全国文化先进集体荣誉称号，全旗广播电视节目覆盖率分别达到98.4%和97%。每年组织实施十项重点民生工程，群众幸福指数逐年提高。党的建设、民主法治和精神文明建设继续加强，民族团结、社会稳定、边疆安宁局面不断巩固发展。

在"十三五"期间，阿巴嘎旗将继续加快工业转型升级、结构调整步伐。以培育壮大能源、建材、矿产采选和绿色畜产品精深加工等特色产业为主攻方向，立足于提高质量和效益，初步构建结构合理、集约高效的现代工业体系，努力在工业、水利、电力、公路、铁路、环境治理等重大基础设施建设方面实现突破。继续加快转变畜牧业发展方式。严格落实草畜平衡制度，大力调整优化畜牧业结构，继续推动畜牧业产业化发展。坚定不移实施品牌战略，以阿巴嘎黑马、阿巴嘎策格、乌冉克羊为重点，进一步提升阿巴嘎畜产品的知名度和影响

2011—2016年阿巴嘎旗城镇、牧区常住居民人均可支配收入

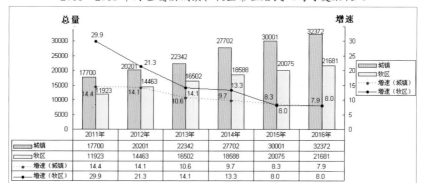

	2011年	2012年	2013年	2014年	2015年	2016年
城镇	17700	20201	22342	27702	30001	32372
牧区	11923	14463	16502	18588	20075	21681
增速（城镇）	14.4	14.1	10.6	9.7	8.3	7.9
增速（牧区）	29.9	21.3	14.1	13.3	8.0	8.0

力，不断增强市场核心竞争力。

继续推动服务业向高水平迈进

坚持市场化、产业化、社会化方向，主动适应个性化、多样化消费快速增长需求，加快发展面向生产和生活的服务业，实现服务业发展提速、比重提高、水平提升。积极发展民族服饰加工、手工艺品制作、产品包装、中介服务、电子商务、服务外包、会展营销等服务业，加快培育一批优势突出、特色鲜明的中小微企业，不断提升服务业专业化水平，增强地区经济发展活力。继续加大城镇基础设施建设投融资力度，科学推进电力、通讯、给排水和集中供热等各类市政地下管线建设，有序推进棚户区、老旧住宅区和危旧房改造工作，促进新区与旧城协调发展。

继续努力提升社会文明程度

大力培育践行社会主义核心价值观，广泛开展精神文明创建活动，进一步加强社会公德、职业道德、家庭美德、个人品德建设，引导广大群众注重文明习惯养成，自觉遵守市民公约，从点滴做起，从文明交谈、文明驾驶、文明出行、文明用餐等具体事情做起，以点带面提高全社会的文明程度。继续落实好关于民生的各项工作。健全完善对口支援和对口帮扶机制，彻底消除绝对贫困现象。持续抓好创业就业，促进城乡居民广泛就业，普遍增收。切实抓好社会保障和社会救助，以基本养老、基本医疗和城乡低保为重点，扩大城乡居民参保覆盖面，全面提高补助标准和保障水平。完善社会救助体系，使困难群众基本生活得到有效保障。坚持教育优先发展，深入实施基础教育质量提升三年行动计划，统筹推进学前教育、义务教育、高中阶段教育、民族教育和职业教育协调发展，办好人民满意教育。强化医疗

骏马奔驰

卫生工作，深入实施医疗卫生服务质量提升三年行动计划，加强卫生基础设施建设，不断提升医疗卫生服务水平。大力繁荣发展民族文化，积极打造文化艺术精品，认真组织实施文化惠民工程，加快构建覆盖城乡的公共文化服务体系。

经过全旗各族人民的顽强拼搏和不懈奋斗，阿巴嘎旗站在了一个新的历史起点上。展望未来，阿巴嘎旗将始终坚持以发展为第一要务，牢固树立创新、协调、绿色、开放、共享发展理念，坚持"五化互动"和"三产融合"，坚守发展、生态和民生底线，扎实做好稳增长、调结构、促改革、保生态、夯基础、统城乡、惠民生、防风险工作，继续坚定信心、迎难而上，奋力拼搏、开拓进取，为建设繁荣、宜居、美丽、文明、幸福的阿巴嘎，早日实现全面建成小康社会目标而奋斗。

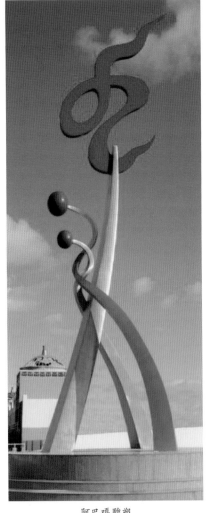

阿巴嘎雕塑

牧野新歌
——草原畜牧业发展成就显著

阿巴嘎旗是一个纯牧业旗。这里自古以来就水草丰美，人杰地灵。1956年，阿巴嘎旗响应自治区提出的"全面规划、加强保护、合理利用、以水为主、水草林有机结合，大力进行草原建设"的方针，开始进行草场围封建设。20世纪70年代开始用石头、草坯、柳条、防护沟等围封草场。20世纪60年代到70年代末，阿巴嘎旗兴起开垦草原的运动，使草场面积缩小，天然牧场退化。党的十一届三中全会以后，中共阿巴嘎旗党委、旗政府采取多种措施，抑制草场退化。推行草牧场两权固定制、"草畜双承包"生产责任制，进行退耕还牧，大面积补播饲草，封滩育草。与此同时，中共阿巴嘎旗党委、旗政府实行"以草定畜"，鼓励牧民加大牲畜出栏力度，控制草场载畜量，合理安排牲畜比例。20世纪90年代以来，阿巴嘎旗坚持"种植一点，改良一块，合理开发利用一大片"的草原建设方针，全旗各苏木陆续建设了人工草地和饲料地。进入21世纪以来，阿巴嘎旗通过组织实施风沙源治理、生态移民、舍饲禁牧、农业综合开发和扶贫开发等工程，草原生态环境整体日益改善，

剪羊毛

畜牧业基础设施不断完善，畜牧业防灾减灾能力显著增强，畜牧业综合生产能力稳步提升，为畜牧业可持续发展奠定了坚实的基础。

长期以来，阿巴嘎旗一直以畜牧业经济为主体经济。中华人民共和国成立后，阿巴嘎旗把恢复和发展畜牧业当作在牧区实行社会主义民主改革的一项中心任务，坚决贯彻内蒙古党委"放牧自由"和"不分不斗、不划阶级"与"牧工、牧主两利"政策，大大鼓舞了广大牧

洗羊

二十世纪六七十年代的牧业生产

民的生产积极性，为迅速恢复和发展畜牧业创造了有利条件。1952年4月，阿巴嘎旗成立了第一个常年性互助组"特木尔互助组"，牧区经济自此开始逐步走上社会主义改造之路。1956年2月，在阿拉腾常年互助组的基础上，阿巴嘎旗成立了全盟第一个牧业生产合作社"伊利特合作社"，同年7月，中共阿巴嘎旗党委建立合作化办公室，领导全旗合作化运动。1958年9月，全旗原有的109个初级合作社联合为27个高级社，并于年底实现全旗人民公社化。人民公社化产生了"一平二调"、刮"共产风"、盲目指挥，强迫命令等过激倾向。1959年初，内蒙古自治区颁布"关于牧区人民公社若干问题的指示"，开始进行整风整社。经过整风整社，调动起了干部群众的生产积极性，畜牧业生产高速发展。1960年起，鉴

于畜牧业生产的特殊性，全旗大多数生产队早于内地开始实行"三定一奖"责任制（一定繁殖成活率、保畜率、畜产品产出率，二定劳动力和出勤率，三定生产费用；超产奖励）。改革开放初期的1982年春季，巴彦查干公社巴彦乌拉生产队决定将本队畜群作价，搞分户承包试验，为全旗最早搞大包干的生产队。1983年春，全旗各嘎查普遍实行对畜群分户责任制。从1988年开始，旗政府专门成立落实草场"两权"（草场所有权、使用权）领导小组，将13810平方公里的放牧权落实到905个浩特4750个牧户。"草畜双承包责任制"的全面推行，使畜牧业生产和牧民生活发生了历史性巨变。特别是在进入21世纪的"十五"以来，阿巴嘎旗畜牧业经

机械打草

剪驼毛

济取得长足发展。中共阿巴嘎旗委、旗政府先后提出并完善了"南牛北羊、品种改良"和"保生态、强基础、调结构、提素质、促发展""两转双赢"的畜牧业发展思路，生产经营方式逐步由靠天养畜的传统粗放经营转变为建设养畜、科学养畜，畜牧业经济逐步由自给半自给的自然经济转变为社会主义市场经济，牧民群众的生活水平不断提高，绝大多数群众解决了温饱问题，还有一部分牧民过上了殷实的小康生活。

近些年，阿巴嘎旗畜牧工作以"牧区增绿、牧业增产、牧民增收"为目标，按照"一个转变、两个坚持、三个整合、四个发挥、五个提高"的思路，认真落实"十化"要求，大力发展草原特色现代畜牧业，着力加强草原生态保护和牧区基础设施建设，进一步优化畜群结构，加快转变畜牧业生产经营方式，实现了草原生态逐年好转、畜牧业又好又快发展、牧民稳步较快增长，开创了牧区各项工作新局面。

草原生态治理成效显著

深入实施京津风沙源治理项目和基本草牧场建设及围栏封育项目，大力开展全年禁牧、春季休牧、划区轮牧工作，通过合理利用草牧场，加强了草原生态环境保护工作力度。2010年以来，认真落实草原生态保护补助奖励机制，累计投入资金4.5亿元，在10个嘎查实施禁牧416万亩，在61个嘎查实施草畜平衡3709万亩。通过围栏封育及"三区、四带、五个基点"建设，全旗围栏化草场面积达到3848万亩，占可利用草场面积的95%，实施划区轮牧面积达到2802万亩，占全旗可利用草场面积的69.1%，划区轮牧和季节性轮牧工作已成为阿巴嘎旗投入成本最少，保护成效最好的亮点工程。通过坚持不懈地落实牧区"两项基本制度"，全旗草原生态环境整体恶化的趋势已得到初步遏制，局部地区已明显好转。草牧场植被平均高度、盖度、产草量明显提高，打草场面积达到732万亩，

草原生态建设取得明显成效

正常年景打贮草总量达到3亿公斤，基本满足需求。按照"预防为主、综合防治，防治效果与环境保护并重"的原则，做好草原鼠虫害治理工作，利用机械和人工相结合的方法，每年鼠虫害治理面积达到85%以上，有效遏制了鼠虫害蔓延。

畜牧业基础设施建设进一步加强

切实加强了棚圈、围栏草场、生产机械、水源井、饲料基地等基础设施建设，有效提高了畜牧业综合生产能力。2010年以来，新建棚圈10.42万平方米（累计达到66.1万平方米）；新建围栏草场面积1194万亩（累计达到3848万亩），全旗95%的草场实现了围栏化；新打各类水源井1065眼（累计达到5065眼）；新增各类畜牧业生产机械3546台套（累计达到5398台套）。牧区农机化生产综合能力进一步提升。2010年以来，在国家农机购置

暖棚建设

补贴政策的拉动下，阿巴嘎旗农机购置补贴资金累计达到1978万元，涉及割草机、搂草机、拖拉机等各类机械达到2318台。防灾减灾能力逐年加强。为全旗71个嘎查集体购置了71台大型抗灾减灾拖拉机及破

基础建设

机械化打草

阿巴嘎黑马

雪器，增强了嘎查牧民依托大型机械应对特重大自然灾害的能力。

畜牧业结构调整步伐进一步加快

坚持"控制头数、优化结构、加快周转、提高效益"的发展思路，优化调整畜群结构和布局，从根本上改变了牧户混合饲养的状况，全旗牲畜总量持续减少，畜牧业结构逐年优化，从数量型向质量效益型转变的步伐显著加快。在稳定小畜放养头数的情况下，大畜（牛和马）分别增加35%和74%，牲畜良改比重提高0.6个百分点，达到98.5%（大畜93.4%、小畜100%）。按照"南牛北羊、品种优化"的发展布局，在肉牛养殖区37个嘎查积极开展黄牛改良工作，通过冷配和引进，加快牛的改良进程，累计完成黄牛冷配13.6万头，繁育西门塔尔牛7.2万头；培育肉牛养殖专业嘎查16个，建设西门塔尔牛繁育基地2处、西门塔尔牛核心群39处。在肉羊养殖区，加强种公羊集中管理

西门塔尔牛

乌冉克羊

牧民专业合作社展台

和标准化畜群建设，积极开展地方优良品种羊提纯复壮工作，提高个体产值。养殖区内34个嘎查全部实行种公羊集中管理，特、一级种公羊比例达到95%，培育肉羊养殖专业嘎查20个，建立种公羊培育基地2处，标准化畜群达到2000群。加强地方优良畜种的保护与利用，乌冉克羊和阿巴嘎黑马良种资源2009年被列入《中国畜禽遗传资源志》，并注册成功阿巴嘎黑马、阿巴嘎策格、乌冉克羊地理商标。利用阿巴嘎旗被自治区命名为"策格文化之乡""哈日阿都文化之乡"的机遇，多次成功举办"阿日阿都文化节"和赛畜会，提高了地方良种知名度。

畜牧业产业化进程进一步优化

围绕"肉、乳、马、草、沙"等畜牧业五大特色产业，通过引进培育龙头企业、建立生产基地等多种途径，不断提高畜牧业产业化水平。达尔罕牧工商有限责任公司和蒙元牧工商有限责任公司成为全盟农牧业产业化重点龙头企业。抓好牧区合作经济组织建设，各类牧民专业合作社累计达到226个，联户经营牧户达到800户。

大力发展肉产业，2010年以来全旗肉牛补饲育肥能力达到1万头以上，肉羊补饲育肥能力达到24万只以上，建立肉羊人工授精点6处，完成肉羊人工授精和杜蒙经济杂交2.7万只。

多种措施扶持乳业健康发展，牧人恋奶食品加工厂所加工的各类奶制品销往赤峰市、巴彦淖尔市、呼和浩特等城市。鼓励牧户加工销售传统奶制品，拓宽增收渠道。

马奶

2015年牧区奶制品加工量35.2吨，累计达到114余吨。

积极发展马产业，2015年马奶产量达到268吨，累计达到1054吨，建设蒙古马保种基地1处，加快了马产业的市场化进程。

加大天然打草场的保护和建设力度，扩大天然打草场规模，提高产草量，有效降低了生产成本，提高了牧民收入。2010年以来累计新建打草场172万亩，累计达到732万亩，占可利用草场的18%。

动物疫病防控工作始终坚持"预防为主"方针，狠抓各项防控措施的落实，扎实有效地做好各项动物疫病防控工作。口蹄疫、布氏病等一类传染病免疫密度达到100%，五年未出现重大动物疫情事件，为阿巴嘎旗畜牧业持续健康发展奠定了坚实的防疫屏障。近五年内布氏病新发病人下降71.26个百分点，畜间阳性畜率比2010年下降80.9个百分点。畜间布氏病防控工作已达到内蒙古自治区控制区标准。

认真做好动物产地检疫和屠宰检疫工作，全旗共有23家兽药经营企业现已全部通过审查，达到兽药GSP验收合格企业，通过率达到100%。

农牧业科技支撑能力不断提升。每年黄牛冷配数量达到了2万头、肉羊人工授精数量达到了3000只以上。每年各类畜牧业实用技术培训600人次以上。依托农牧机购

改良牛群

阿巴嘎黑马群

置补贴政策，加快先进机械推广应　　了70%。
用，2015年农牧业机械总动力达到
了6.04万千瓦；综合机械化水平达到

羊群舍饲

长风破浪
——工业经济建设成就展示

中华人民共和国成立初期，阿巴嘎草原上几乎没有任何现代工业。直到 20 世纪 50 年代，才开始出现乳品工业。由此，逐步出现了肉食加工、牧机修造、矿产业、电力、煤炭等现代工业。1954 年，内蒙古乳品工业公司驻张家口办事处技术人员在昌图庙筹建乳品厂，生产方式以手工为主，奶源靠牧民提供。1958 年，阿巴嘎旗开始自办乳品工业，并建成了第一座平锅生产奶粉的工厂，1964 年，因奶源的问题乳品工业停产。1970 年，全旗乳品工业再次开工，采用的直火加热水浴式浓缩罐获自治区科技成果四等奖。1972 年，由国家轻工部、商业部和自治区轻工厅、商业厅在阿巴嘎旗联合举办了全国乳品工业生产现场会。1998 年，阿巴嘎旗乳品公司

灌区竣工典礼

机械化剪羊毛

解体。20 世纪 50 年代后期，阿巴嘎旗食品公司建肉食屠宰车间，采取手工作业，土冷库保存。1986 年进行冷库扩建。1958 年，阿巴嘎旗成立机械厂，主要是炼铁、生产珠式轴承，附带小型铁制品加工。1963 年阿巴嘎旗被列为全国牧业机械化试点旗，从国内外引进了大批的拖拉机、打草机、搂草机、捆草机、剪毛机等牧业机械。1965 年，在旗机械厂的基础上扩建拖拉机综合修配厂，同时吉尔嘎郎图牧机服务站也建起了牧机具修配点。1973 年，各公社办起社办公助的牧机修配网点。1993 年阿巴嘎旗牧业机械管理局更名为牧机服务中心，主要开展牧业机械推广、安全监理等工作。从 1958 年起，阿巴嘎旗陆续建立了萤石矿、石膏矿、石灰岩矿、芒硝矿、水晶矿、铁矿、钨矿等地方企业，后因地方财力有限，交通运输困难或矿石品质差、效益差而未规模性

手工编织

生产，并先后停办下马。1958年，阿巴嘎旗购进一台150马力30千瓦原德意志民主共和国产柴油发电机组，在汉贝庙设发电车间，每晚发电3小时。1959年，成立阿巴嘎旗发电厂，20世纪70年代后期，各苏木所在地、煤矿、林场均配备了不同型号的汽柴油发电设备。1987年，成立阿巴嘎旗农电局、供电局，旗电厂停业发电，改由锡林浩特市二电厂供电。20世纪30年代末期，侵华日军在玛尼图庙矿区进行破坏性开采。1958年正式建立地方国营煤矿，1961年停办。1970年成立"12.19"煤矿，采用开巷道、人工刨、篓子背的原始开采方式。1974年后，逐步采用柴油机发电、电钻打眼放炮、半机械化采掘技术。20世纪90年代初，随着采矿权的放开，出现了吉尔嘎郎图苏木煤矿和个人开采的矿井。1996年后，逐步取缔个人开采的矿井。

阿巴嘎旗乡镇企业始于1958年，在"大跃进"时期涌现出铁木制品加工、制毡熟皮、建筑维修、烧砖制瓦等传统手工业社队企业。1984年起，乡镇企业的发展异军突起，全旗各乡镇企业向全旗市场提供了包括电力、原煤、石灰、铁制品、木制品、建材、毛毡制品、工艺美术、化工产品等几十种产品，一些产品还填补了阿巴嘎旗工业的空白，补充了国营企业的不足，起到了以小补大、以工促牧的作用。

改革开放以来，阿巴嘎旗委政府始终坚持以经济建设为中心，牢牢把握发展这个第一要务，采取切实有效的措施，推动了工业经济的持续健康快速发展。进入"十五"以后，中共阿巴嘎旗委、旗政府把"工业强旗"摆在更加突出的位置，坚持"全党抓经济、重点抓工业、突出抓项目"的工作方针，不断加大抓转变、抓调整、抓开放的力度，全面推进工业化进程，工业经济得到快速发展。"十一五"至"十二五"期间，中共阿巴嘎旗委、旗政府面对复杂多变的经济环境和艰巨繁重的改革发展稳定任务，主动适应经济发展新常态，紧紧围绕转变经济发展方式，以重点项目和重点企业为支撑，以提升自主创新能力和整体产业竞争力为核心，以强化技术改造和创新为主线，大力发展优势特色产业，加快延长产业链条，能源、化工、矿产采选、建材和畜产品加工五大优势特色产业发展初见成效，风电、煤炭、水泥、铜钼及铁矿采选等一批重点项目纷纷落户，工业经济呈现强劲发展态势，为全面建成小康社会奠定了坚实基础。

工业产业初具规模

工业经济实力明显增强，2015年，全旗工业增加值增加到44亿元，"十二五"期间年均增长17.2%，三次产业结构演进为11.5∶73.2∶15.3，工业经济主导地位进一步确立。煤炭综合开发、矿产采选、风电、建材和畜产品加工五大优势特色产业不断发展壮大，能源产业在就地转化增值方面取得突破，非资源型产业和战略性新兴产业不断成长。先后引进了国华、中广核、中水电、河北大唐、京能、国电、北方龙源、峰峰集团、鲁能集团、冀东集团、建龙集团、白银集团等一批知名企业落户，灰腾梁风电、冀东水泥、金地铜钼矿选厂等一批大项目投产见效，查干淖尔煤矿、电厂、达安煤矿及哈达特、谦德、白银选厂项目取得实质性进展，极大地拉动了旗域经济的快速增长。2015年底，阿巴嘎旗能源产业实现产值48.5亿元，其中煤炭产量达474万吨，实现产值23.5亿元；风电实现发电22亿度，实现产值13亿元；畜产品加工产业全年加工93万个羊单位，实现产值12.5亿元。

重点工业项目建设顺利推进

坚持以培育壮大能源、建材、矿产采选和绿色畜产品精深加工等特色产业为主攻方向，"十二五"期间，全旗累计实现重点项目投资22.1亿元，重点工业项目取得突破性进展。查干淖尔园区冀中能源峰峰集团煤电化路一体化项目总体投资初步测算近258个亿，年生产原煤1600万吨，并将建设4×66万千

工业基地远景

冀东水泥生产加工基地

瓦发电机组。神华集团一期2×66万千瓦超临界间接空冷燃煤发电机组项目采用"坑口发电、煤电联营"模式，年燃用褐煤485万吨，发电72.6亿千瓦时，供电62.45亿千瓦时，投产运行后，可实现销售收入17.32亿元，税收3.06亿元。内蒙古高尔奇矿业有限公司银铅锌多金属探建结合采矿工程项目预计总投达资12682.5万元，全部建成后将达到日采银铅锌矿石2000吨、年采多金属矿石60万吨的生产能力，经济效益十分显著。重点项目的实施为地方经济的腾飞注入了不竭的动力。

工业转型升级、结构调整步伐不断加快

近年来，阿巴嘎旗立足于提高

查干淖尔循环经济产业园区

查干淖尔煤电化路一体化项目启动仪式

质量和效益，努力提高资源的综合利用水平，资源转化增值取得新成效。中国能源建设集团的查干淖尔煤电一体化项目、风火互补、高度节水示范项目和查干淖尔二期火电项目等重大项目进展顺利，改变了以前单纯挖煤卖煤的状况，可最大限度地实现煤炭资源就地转化增值。产业延伸配套取得新进展。根据产业发展趋势和国家、自治区政策导向，积极引进风机制造和新能源供电等上下游产业，延伸产业链条，同时高起点承接产业转移，加快发展新能源、新材料和信息技术等战略性新兴产业，形成新的竞争优势和经济增长点。矿产采选业不断向精深加工方向延伸。哈达特铅锌矿、

金地矿业技改扩建工程取得阶段性成果，2015年全年生产铁矿石32.5万吨、钼精粉5939吨、石膏49.6万吨、铅锌10304吨、铁粉19.6万吨、萤石11.7万吨，实现产值11.2亿元。畜产品加工生产链条不断延长。内蒙古绿色大地农牧业有限公司在建项目进展顺利，年屠宰30万只肉羊精深加工项目投产后，每年可生产优质卷羊肉（冻品）、小包装冷却肉、下货副产品、分割肉下脚料等4400吨，预计年可实现销售收入1.8亿元，实现利润506万元，上缴税金168.7万元。

产业布局不断优化

阿巴嘎旗始终以园区建设为依托，按照"集中集聚、节约集约、绿色低碳、创新转型"的原则，以产业集聚为路径，以产业升级带动发展转型，集中力量打造产业集群。阿巴嘎旗将全旗划分为南中北三大区域，南部集中建设查干淖尔循环经济产业园区，现已完成控制性详规、规划环评及水资源论证，力争在"十三五"期间成为自治区级循环经济产业园区；中部集中建设中小企业创业就业基地，为中小微企业创新提供平台；北部集中发展有色金属采选业，推动有色金属采选冶一体化发展，进一步提升金地、高尔奇等企业资源综合利用水平，

畜产品生产加工

打造金属采冶深加工基地。"十二五"期间，阿巴嘎旗已建成德力格尔和查干淖尔2个工业园区，入驻企业达到19户，规模以上工业企业13户，投产企业中产值超亿元6户，全年工业园区实现工业产值17.6亿元。

清洁能源基地建设取得新成效

2013年，锡林郭勒盟被确定为国家级清洁能源输出基地，阿巴嘎旗紧紧抓住国家鼓励开发新能源和可再生能源的大好机遇，依托丰富的风能资源和光伏资源，积极引进风电企业和光伏企业，加快发展灰腾梁和分布式新能源等项目建设，努力打造在全盟有影响的清洁能源输出基地。累计投入6.1亿元，着力推进灰腾梁和别力古台两个风电基地建设。灰腾梁风电基地规划面积450平方公里，规划总装机容量225万千瓦，现已入驻13家风电企业，

20世纪的小型风电设备

总装机容量突破80万千瓦，每年可节约标准煤110万吨，减少二氧化碳排放量320万吨，位于全盟首位。港城电力灰腾梁风电场项目实现并网发电，大唐六期风电、龙源分布式风电示范项目陆续开工，华电、中广核二期、龙源二期3个风电项目取得核准手续。别力古台风电场

阿巴嘎旗灰腾梁风电基地

牧区电力基础设施建设

规划总装机容量1000万千瓦，现已入驻风电企业15家，已有6家完成测风工作，3家企业正在测风，已引进1家风机制造企业。阿巴嘎旗有丰富的光伏资源。依托丰富的光伏资源，阿巴嘎旗高起点规划，积极引进有实力的光伏企业。鑫能分布式光伏发电项目、国开、深能、中盛、中国电子科技4个光伏发电项目陆续开工。在引进工业项目时，阿巴嘎旗把节能减排作为新工业项目入驻的前提条件。冀东水泥项目采用了先进的新型干法生产，同步建成1×5.4兆瓦纯低温余热能源发电。金地矿业采用了尾矿干排技术，达到了水资源的循环利用，可节水80%。

工业基础设施建设不断完善

累计完成基础设施建设投资9000万元，进一步加强工业园区的基础设施建设，电力、水利、道路、铁路、环境治理等重大基础设施建设实现突破。完成了查干淖尔110千伏变电站工程、洪格尔庙35千伏输变电工程、10千伏及以下土建及设备安装工程、白音图嘎变电站主变扩建工程，启动了苏尼特左旗——别力古台镇500千伏输变电工程、10千伏线路200公里和配变98台改造工程。白音高勒水库除险加固工程完工，启动了查干淖尔至别力古台镇引水工程。锡二铁路阿旗段通车，新建92公里通乡公路。启动了查干淖尔至锡桑铁路白银库仑站铁路专线86.64公里工程、锡二铁路附属设施建设工程、国道303、国道331阿旗段改造升级工程、126.2公里通嘎查道路建设等重大基础设施建设工作。这些有利条件为工业园区招商引资奠定了坚实的基础。

春潮激荡
——第三产业发展成就展示

中共阿巴嘎旗委、旗政府把加快发展第三产业作为"稳增长、转方式、调结构"的重要内容来抓，结合地区实际，加大政策扶持力度，突出地域特色，合理引导，统筹规划，使全旗的第三产业进入了一个全新的发展阶段。阿巴嘎旗第三产业年均增长15.0%，第三产业经济总量不断扩大，内部结构不断优化，经济效益不断提高，对推动全旗经济和社会的发展发挥了积极的作用。

发展总量不断增大，规模不断扩大。进入21世纪，阿巴嘎旗工业化、畜牧业产业化、城镇化进程明显加快，为第三产业发展提供了广阔的发展空间，第三产业对全旗经济增长的贡献率逐年提高。2015年全旗实现地区生产总值67.36亿元，同比增长12.5%，其中第三产业增加值为102904万元，占生产总值的15.3%，同比增长6.2%。随着总量的增长，第三产业对我旗经济增长的贡献率不断上升。

旅游事业蓬勃发展，成为第三产业的龙头产业。特色旅游业加快发展。阿巴嘎旗具有悠久的民族历史文化和鲜明的地域特色文化。多声部民歌"阿巴嘎潮尔"被列入第三批国家级非物质遗产名录项目，阿巴嘎婚礼、阿巴嘎服饰文化、马赞、策格、祭火等一大批民俗文化彰显着阿巴嘎古老淳朴的民俗风情。此外，境内风景秀丽的乌里雅斯台河、世界奇观成吉思宝格都山、名胜古

阿巴嘎旗哈日阿都文化节

阿巴嘎冰雪那达慕

迹金长城遗址、百年古刹杨都庙等，都为阿巴嘎旗发展文化旅游业提供了有利条件。阿巴嘎旗采取政府扶持、市场运作的方式，充分利用现有的草原自然资源，把阿巴嘎旗打造成集草原风光、民俗风情、文化体验、休闲度假、朝圣祭祀为一体的旅游胜地。

加强文化产业与旅游业融合发展，全力打造成吉思宝格都山、别力古台、冬季祭火"三大"祭祀活动、为期一个月的"哈日阿都文化节"暨"瑙敏阿巴嘎"民俗文化艺术节、冬季那达慕、查干淖尔湖冬捕、祭敖包等节庆文化活动，进一步充实和丰富"骑黑马、拜圣山，品策格、听潮尔，祭敖包、体民俗"系列文化旅游活动内涵，不断提升阿巴嘎旗旅游知名度和影响力。

切实打造精品旅游线路。以洪格尔驿站旅游项目为主，在南部打造以洪格尔高勒镇为中心的自然资源风景区旅游，中部以别力古台镇为中心的别力古台文化、哈日阿都文化以及祭祀文化为代表的历史文化旅游，北部三个苏木为主的草原原生态游牧文化深度体验区。积极打造阿巴嘎牧人之家"阿巴嘎艾里"地方特色旅游品牌。坚持"集中、连片、各具特色"的原则，完善阿巴嘎艾里配套基础设施、加大管理

别力古台文化园

培训力度，通过评星创先规范旅游经营服务行为。五年内阿巴嘎艾里发展达 75 户，户均投资 45 余万元，评定自治区三星级乡村接待户 2 家，二星级乡村接待户 3 家，实现直接就业 220 余人，有效转移了牧区劳动力，增加了牧民收入。

旅游基础设施进一步完善。加大文化旅游业的基础设施建设。进一步加强乌里雅斯台、洪格尔高勒、查干宝拉格、别力古台扎桑、成吉思宝格都山等旅游景区基础设施和接待设施提档升级建设。别力古台扎桑旅游景区达到 AAA 级景区标准，查干朝鲁图珠洒乐旅游景区、那达慕会场、阿巴嘎博物馆等被评定为国家 AA 旅游景区。引进两家区外公司计划投资 1.2 亿元，开展洪格尔草原旅游区项目开发建设，同时申报国家 AAA 级旅游景区。锡林浩特市——洪格尔高勒旅游景区道路升级改造工程顺利启动。

阿巴嘎服饰

加快发展融设计、加工、制作、民演和销售为一体的阿巴嘎部落文化服饰业、民族金银饰品业、民族手工艺品制作业和展演业。建设集民族服饰、民族手工艺品制作、销售、工艺展示、雕刻、绘画为一体的阿巴嘎民族文化街，把文化旅游产业打造成为全旗支柱产业和富民产业。目前，地方民族产品特色一条街入驻 45 家店铺。"十二五"期间，全旗累计接待国内外游客 24.5 万余人，实现旅游收入 1.2 亿元。

产业结构不断优化，发展后劲不断增强。近年来阿巴嘎旗始终坚

别力古台扎桑

持市场化、产业化、社会化的方向，以现代物流业为突破口，加快发展面向生产和生活的服务业，实现第三产业比重提高、发展提速。

交通物流业快速发展。阿巴嘎旗政府所在地别力古台镇距锡林浩特飞机场、火车站90公里，锡二铁路、101省道贯穿境内，乡村公路可达各苏木镇所在地，交通快捷便利。2015年底，全旗客运周转量1.2亿人公里、货运周转量2.7亿吨公里，分别增长1%和5%。运输网络的覆盖面不断扩大。"十二五"期间，累计完成客运量487万人、货运量750.6万吨，客运周转量57120.9万人/公里、货运周转量107581.6万吨/公里，商贸流通体系建设进一步完善，商品储备和投放规模不断扩大，有效保证了市场物资供求均

晨曦中的铁路

衡和生活必需品价格的稳定，有力地促进了物流市场的繁荣，促进了经济的发展。

合理规划布局物流园区，努力培育大型物流企业。坚持社会化、专业化、信息化的发展方向，合理规划布局物流园区，有计划地建设商贸物流、冷链物流、畜产品物流、矿产品煤炭及建材业物流企业。2010年，阿巴嘎旗开始建设计划总投资9000万元，集现代物流中转、仓储、配送、商品交易、停车维修为一体的现代化综合性的物流园区——巍尼斯物流园区，目前已投资3820万元该用于园区房产、宾馆、仓库、饲料市场、电力及其他基础设施建设。现已入驻汽车维修业户29家，拥有载货运输车辆12辆。在现有基础上，巍尼斯物流园区将继续发展完善仓储、配送、分拣、包装等服务功能，加强对内对外交通运输通道、货运站及配套设施建设，提高运输承载能力和流转效率，初步形成物流运作、商贸交易相结合的一体化物流模式，进而成为全盟中西部地区最大的物流综合管理服务区和集中交易区。

抓好招商工作，扩大沿边对外开放水平。切实做好以商招商、产业招商、产业链招商工作，有针对性地开展定点招商。积极参加各类

商贸洽谈活动，主动与北京、河北、山东、山西、上海等地企业对接。组建了旗公共资源交易中心，并与盟中心成功对接。抓住国务院出台《关于支持沿边重点地区开发开放若干政策措施的意见》的有利机遇，积极与自治区、锡林郭勒盟和蒙古国沟通联系，开通那仁宝拉格边民通道，启动了28公里口岸连接公路及驿站、检查站所工程。

养老、电子商务、零售等新型服务业不断发展。不断创新和完善养老模式，发展老年医疗服务、康复护理、老年健身等产业，提高老年人的健康水平。成立了全区首家牧区养老服务机构——"哈乐穆吉"（汉语意为"关怀"）养老服务中心。服务中心是以公司为管理主体，通过下辖物业公司管理日常安全、卫生服务、应急处置等工作，日常业务受民政局和老龄委监督指导。"哈乐穆吉"养老服务中心总建筑面积

2.3万平方米，计划改造投资3000万元。到2016年，养老中心已成立了养老中心党支部、老年协会等机构，实行居民自治。中心配套设施建有活动室、老年艺术之家、休息室、卫生间、餐厅、学习室、图书阅览室、手工艺制作室、浴池、演出舞台、大棚菜地、养殖基地、超市等，2016年，已入住325户767人。

采取政府主导，企业运营模式，有效解决边远牧区牧民购物路途远、成本高的问题。由政府出资购买流动服务车辆，与所在地经济实力强、信誉好的大型购物超市合作，在运营过程中，政府给予企业燃油补贴。这种政府扶持、企业运营的形式，降低了政府公共服务的成本，让利给牧民，也给予了合作企业一定的利润空间，解决了牧民购物成本高等问题。在全旗7个苏木镇，建立便民流动服务网络，设立29个分销站，做到车辆到户、人员到位、商品到家。

互联网＋流动服务超市，打通了服务群众的最后一公里。牧户通过微信朋友圈、12349服务平台等途径订购商品，由便民流动超市统一配送，这种牧民在线订购，企业因需配送的方式使双方实现了互利共赢。在送货上门的基础上，流动便民服务超市进一步拓宽了服务功能，

哈勒穆吉养老服务中心

流动便民超市

开设了流动影院和流动书屋，送电影、图书、报刊下乡，在配送货物的同时适时开展电影放映、读书看报活动，极大地丰富了边远地区牧民精神文化生活。互联网＋流动服务超市模式，有效解决了全旗5000多户牧民购物问题，同时进一步扩展和提升了服务牧区的功能和水平。

草原部落电子商城建设项目顺利启动，现已引进1家大型连锁超市，与旗内20多家肉食品、奶食品、民族工艺品、民族服饰等加工店达成合作意向。探索电子商务发展途径，借助全盟发展大数据产业的有利时机，加强与电商企业的对接，草原电子商城已正式启动运营，建立牧区电子商务服务点7个，通过资金补助等方式大力支持物流企业送货下乡，不断完善电子商务物流体系。

加大信贷投入力度，强化金融对地方经济建设的支撑作用。加强与国开行、农发行以及投融资公司的联系，进一步强化工作措施，积极引导旗内金融机构加大信贷投放力度，提高金融服务地方经济社会发展的质量和水平。

为做大做强投融资平台，组建了阿巴嘎旗宝格达有限责任公司，充分发挥公司在筹集资金、项目建设中的重要作用；积极鼓励和引导民间资本通过PPP模式参与特色产业开发、城镇化建设和基础设施建设，努力实现投融资主体多元化。

银行自动取款机

深化以信用社为重点的牧区金融改革，引导金融部门大力支持畜牧业产业化，不断加大对牧区基础设施、生态建设等信贷支持力度。大力发展居民消费信贷，加大中小企业融资平台建设，建立多层次、全方位、多形式的融资担保体系，以缓解中小企业融资难问题，为活跃全旗金融市场注入了新鲜的活力，有力地推动了全旗第三产业的发展。2015年底，全旗金融机构存贷款余额分别达到15.2亿元和12.6亿元，分别增长7.4%和26.2%。

房地产业健康发展。抓住城镇化加快发展的有利时机，以居民住宅为重点，分层次推进房地产业发展，以满足不同居民住房需求。加强别力古台镇整体规划设计，高起点、高标准搞好房地产开发，注重提高建筑质量。围绕保障性安居工程，加大建设廉租住房和城镇棚户区改造工程力度，促进房地产市场健康有序发展。加快基础设施配套建设，积极完善各种功能，提升城镇综合承载能力。发展房地产中介服务、物业管理、装修服务等房地产服务业。"十二五"时期，全旗房地产市场发展平稳，开发投

房地产开发项目

行政审批大厅

资稳步上升，新建商品房销售面积340797.51万平方米。2016年共完成房地产开发投资12.2亿元，新建商品房销售面积37848.78万平方米，比上年增长10％。

强化效能建设，服务第三产业。阿巴嘎旗委、旗政府研究制定落实加快发展第三产业的新措施、新办法，综合运用产业发展政策措施，不断培植、扩展与推动第三产业健康发展。全面推进重点领域改革。发放"三证合一、一照一码"营业执照，2464项行政权力清单全部公开；取消企业收费许可证和年审制度，行政事业性收费项目取消5项、暂停7项，对小微企业免征行政事业性收费42项；完善制度落实政策。在财政税费、土地供应、人才培养与引进等方面切实落实鼓励服务业发展的各项优惠政策。拓宽投入渠

道，加大对发展三产业的投入。深化行政审批制度改革，大力推行限时办结制、首问责任制、责任追究制，进一步加强机关工作作风建设，努力改善投资环境，树立对外开放和招商引资的良好形象，为加快第三产业发展提供优质服务和营造优越的发展环境。

桃李芬芳
——教育事业成就展示

中华人民共和国成立前，阿巴嘎旗几乎不存在系统的民族基础教育。1950年5月1日，西部联合旗图门额勒苏建立小学，校长由东勒布担任，1955年，图门额勒苏小学搬迁到汉贝庙（位于今别力古台镇），改为旗直属小学，1958年首次招收汉文班，成为旗直属蒙汉合一的完全小学。1973年，旗第二小学成立，旗直属小学改名为第一小学。从

1956年—1974年，各苏木陆续建立了小学。此外，从1958年起，阿巴嘎旗还陆续成立了25所队办学校。20世纪70年代根据"马背教育、开门办学、大办民办学校"的指示精神，阿巴嘎旗的民办学校、教职工、教学班数量大幅度增加，1984年所有队办学校全部归并到公办学校。

阿巴嘎旗的幼儿教育直到20世纪60年代才出现。1962年在汉贝庙成立托儿所。1982年6月1日，在新浩特镇（今别力古台镇）成立了蒙古族幼儿园。1992年4月，巴彦查干苏木额尔敦宝拉格嘎查和德勒格尔苏木伊和宝拉格嘎查成立了两所草原流动幼儿园。进入21世纪后，阿巴嘎旗利用苏木镇学校布局调整后闲置的校舍，陆续改扩建了4所苏木镇幼儿园。

中华人民共和国初期，阿巴嘎旗的中学（中职）阶段教育一直是空白。1964年，旗直第一小学招收

第一堂课

蒙、汉各一个初中班，共75名学生。1965年9月，中学班和小学班分设，成立阿巴嘎旗第一中学，蒙、汉初中各设两个教学班，共132名学生。1979年10月1日，旗蒙古族中学成立，第一中学停办蒙古文班，成为纯汉文中学。20世纪70年代，各苏木开始试办中学。到1995年，各苏木（玛尼图煤矿学校除外）汉授初中学生全部到旗直属中学就读。阿巴嘎旗民族职业中学的前身是1981年在新浩特镇（今别力古台镇）成立的阿巴嘎旗第三中学。1986年这所学校改办为"民族职业中学"。2011年，阿巴嘎旗民族职业中学与第一中学合并。

中华人民共和国成立后，阿巴嘎旗最初大力实施的主要是扫盲教育。从20世纪50年代开始成立牧民夜校。1958年阿巴嘎旗成立牧民业余学校。改革开放后，在牧区继

开门办学

20世纪80年代的民族寄宿学校

续开展了扫盲运动，1997年，阿巴嘎旗实现"两基"达标，基本扫除青壮年文盲。

进入21世纪以来，阿巴嘎旗坚持面向现代化、面向世界、面向未来的教育方针，以办人民满意教育为宗旨，大力实施科教兴旗、人才强旗战略，抢抓机遇强基础，创新机制增活力，全力推进义务教育均衡发展，教育事业步入了快速发展的轨道。

各学段教育发展水平明显提

小学毕业

扫盲教育

现代语音室

高。"十二五"以来，阿巴嘎旗统筹各学段教育协调发展。至 2015 年底，全旗 3—5 周岁儿童入园率达 90.12％，义务教育阶段小学适龄儿童入学率持续保持 100％，初中适龄少年入学率达 95.14％，高中阶段毛入学率达 94.51％。优先重点发展民族教育，蒙古语授课 3—5 周岁幼儿入园率达 89.78％，蒙古语授课高中阶段入学率达 98.71％。

深入推进标准化学校建设。截止到 2015 年底，阿巴嘎旗 5 所中小学均已达到全盟标准化学校建设标准。累计投入资金 1.5 亿元，实施了中小学校舍安全工程、标准化学生运动场地建设等工程，共新建中小学校舍 46769 平方米，新建了 5 个中小学塑胶场地共 5.8 万平方米。积极实施并完成了中小学校现代远程教育工程、教育城域网建设和

20 世纪 80 年代民族学校课堂教学

新建校舍

"中小学数字校园"项目建设任务，中小学"班班通"设施设备配备率100%；教学仪器、图书等设备配备率100%，基本实现了教育资源共享。

努力提升教师队伍素质

坚持把师德摆在首位，建立了师德师风建设长效机制，科学制定师德师风考核评价机制，实行师德师风建设工作校长第一责任人制度，并将评议结果作为教师绩效考核的重要依据。制定出台了《阿巴嘎旗教学成绩突出个人与集体奖励办法》，充分调动了广大教师的积极性、主动性和创造性，2015年投入

学生计算机教室

资金34万元对优秀学校、教师进行奖励。累计投入经费200余万元开展全员普及性培训，采取"请进来，送出去"和以赛促训等方式累计培训教师4000余人次。认真组织实施《阿巴嘎旗提升基础教育质量三年行动计划（2015—2017年）》，落实好全盟中小学集体备课实施方案和课堂教学改革实施方案，保证各项工作举措落实到位。深入开展教育系统事业单位人事制度改革，不断优化教师队伍管理，建立和规范了教师补充机制，完善了教师公开招聘制度，严把教师入口关。近五年，面向社会公开招聘大中专毕业生151（其中专任教师93人）名。目前，全旗小学和初中专任教师学历合格率保持100％；高中专任教师学历合格率持续保持90％以上。小学专任教师专科率达99％；初中专任教师本科率达78％。涌现出自治区级以上优秀教师4名，盟级优秀教师、优秀教育工作者18名，旗级优秀教师、优秀教育工作者230人次。

切实加强教育教学管理。认真深入落实内蒙古自治区中小学校长管理办法，全面实施中小学校长招聘制度，重视抓好校长专家化发展方向，有效提高了中小学校长管理学校的能力和水平。大力推进中小学精细化管理，认真抓好教学常规管理、课堂教学和教学研究工作，实行教研员"1+4"双岗动态管理模式，工作成效明显。全力推进义务教育均衡发展。2015年，阿巴嘎旗义务教育均衡发展工作顺利通过了盟级、自治区和国家级督导检查组的验收，实现了县域义务教育均衡发展目标。全力落实教育质量提升工作任务。大力改进教学方法，全

集中备课

教师基本功大赛

面提高教学质量，着重培养学生的创新精神和实践能力，促进学生全面发展。"十二五"期间，全旗累计考入区内外大专院校学生445人，2015年高考上线率达到100%，本科上线率45.45%。

认真实施《阿巴嘎旗校园足球改革发展三年行动实施方案（2015年—2017年）》，启动边境旗县足球场馆建设，大力开展校园足球活动。2016年蒙古族中学创建为自治区级校园足球特色学校。实施了学

生物实验课

科技小制作

前教育三年行动计划，新建了 6200 平方米的汉授幼儿园，两所幼儿园分别晋升为自治区级示范幼儿园和自治区一类甲级幼儿园。利用各苏木镇学校布局调整后闲置的校舍，改扩建苏木镇幼儿园 4 所。

高度重视并优先重点发展民族教育。优先加强民族学校基础设施建设、改善民族学校的办学条件和牧区寄宿学生的食宿条件，积极推进民族教育教师队伍建设和民族中小学"双语"教学改革。与此同时把民族文化、礼仪、风俗有机融入

学前教育、义务教育、高中教育等各个阶段，促进民族教育教学质量不断提高，民族人口文化素质进一步增强。

大力推进素质教育、特长教育和特色教育

始终坚持全面贯彻党的教育方针，全面实施素质教育，将德育、智育、体育、美育等有机统一在教育教学活动中。加强中小学生德育教育。坚持"育人为本，德育为先"方针，把社会主义核心价值观融入学校教育全过程，引导学生形成正

校园足球

确的世界观、人生观、价值观；加强理想信念教育和道德教育，坚定青少年学生对中国共产党领导、社会主义制度的信念和信心。广泛开展爱国主义教育、中华传统美德和革命传统教育实践活动，着力培养社会主义合格公民。加强学校体育卫生艺术工作。全面推行《国家学生体质健康标准》，坚持开展"全国亿万学生阳光体育运动"，正确指导学生开展体育锻炼，确保学生每天锻炼一小时。定期举办全旗中小学田径运动会和全旗中小学教育艺术节，促进学校体育艺术工作健康

寄宿制学校的学生宿舍

校园音乐教育

发展。做好特长教育。发挥好青少年活动中心的职能作用，广泛开展绘画、音乐、舞蹈、跆拳道等各种课外活动，拓展学生特长培养途径。做好"传统文化进校园"特色教育，在各中小学继续开设经典诵读、书法、搏克、武术、马头琴、蒙古象棋、射箭、传统赞颂、手工雕刻等课余

校园美术教育

校园小搏克手

中小学田径运动会

防火演练

兴趣小组，全面提升中小学生的传统文化素养。

扎实开展扶困助学工作。"十二五"以来，阿巴嘎旗累计落实义务教育经费保障金及基础教育各学段教育助学资金3152万元，实现了学前、义务、高中阶段15年免费教育，惠及学生3万余人次。认真贯彻落实国家生源地信用助学贷款政策以及盟、旗草原生态保护和特困家庭大学生资助政策，累计办理贷款1233.36万元，受惠学生1077人次，落实具有阿巴嘎旗户籍且每年新入学的特困家庭本、专科大学生补助资金176.32万元。

加强学校安全教育和日常管理。深入开展"平安校园"创建活动，建立了学校安全教育长效机制，全面落实学校安全责任制和校领导带班校园安全隐患巡查制度，强化了师生安全意识，增强了校园安全防范的能力，中小学校周边安全环境进一步优化。投入237.3万元为各校（园）配置了安防、安保及监控设施设备。新分配12名校警，确保校园内安保人员24小时在岗值班。

大德仁医
——卫生事业成就综述

中华人民共和国成立前，阿巴嘎旗仅有20余名喇嘛以兼职的形式行医。1952年，阿巴嘎旗始建西部联合旗医院（其前身为锡林郭勒盟驱梅站第四分站，即西部联合旗驱梅站），1956年7月改称阿巴嘎旗卫生院，1958年更名为阿巴嘎旗人民医院。当时医院有15间土木结构的喇嘛庙房，30张简易病床，医疗设备简陋，未划分业务科室。1984年，阿巴嘎旗医院蒙医科扩编为阿巴嘎旗蒙医医院，1989年与旗医院分开。从1952年起，阿巴嘎旗各苏木陆续组建妇幼保健所，配合全区"驱梅"工作队的普查普治及巩固防治成果。1954年起，各苏木妇幼保健所相继改建为苏木卫生院。1970年10月开始，阿巴嘎旗各嘎查筹办合作医疗站，并培训了一大批赤脚医生。除旗、苏木、嘎查三级医疗机构外，

蒙医号脉

自1955年开始，阿巴嘎旗还设立集体、厂矿、学校等医疗机构，但人数较少。改革开放以来，阿巴嘎旗卫生事业发展迅速，全旗各类卫生技术人员人数逐年增加，医疗技术水平不断提高，医疗设备日益先进。

阿巴嘎旗卫生系统坚持以保障人民群众身体健康和生命安全为己任，切实加大卫生服务经费投入，着力加强医疗卫生服务体系建设，全力推进基本公共卫生服务均等化，为保障全旗各族人民群众身体健康

蒙医坐诊

牧民体检

阿巴嘎旗医院外景

阿巴嘎旗医院

先进的医疗设备

建立牧民健康档案

做出了积极贡献。

国家基本药物制度得到有效落实

全旗基层卫生院全部使用国家基本药物目录和自治区新增药物目录药品，并实行药品零差率销售，基本药物网上采购率、使用率和零差价销售率均达到100%，药品平均降幅达到30%，有效减轻了人民群众看病就医负担。2010年以来，基本药物零差率销售让利患者72.3万元，受益群众8.9万人次。

新型牧区合作医疗制度不断完善

牧民参合率稳步提高，全旗参合牧民比率现已提高到99.6%，政策范围内住院补偿比例提高到80%，报销封顶线达到20万元。在苏木镇卫生院实行了住院患者只需支付100元起付线、政策范围内医药费全报销的政策。2010年以来，共为2.1万人次参合牧民患者报销医药费4101.5万元。

卫生服务体系日趋健全

建立完善了以旗级医疗卫生单位为"龙头"、苏木镇卫生院和社区卫生服务中心为"枢纽"、嘎查卫生室和社区卫生服务站为"网底"、"健康小药箱"为"延伸"的多级联动医疗卫生服务体系。充分发挥基层流动医疗卫生服务车的作用，扎实推进"健康小药箱"工程，有效解决了牧区交通不便和部分牧民主动就医意识不足的问题。从2012年始，为全旗各苏木镇卫生院服务半径10公里以外的牧户累计配备

现代化的医疗设备

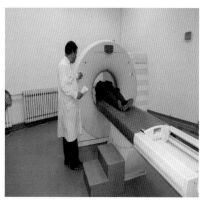

旗医院CT室内景

卫生基础设施建设明显改善

2010年以来，投资6448万元，完成建设1所标准化综合医院、3所苏木镇卫生院、36所嘎查卫生室以及1所妇幼保健机构、1所疾病预防机构、1所卫生监督所等建设项目。积极争取上级部门的大力支持，投资560余万元，购置了四维彩超机、智能麻醉机、全自动化分析仪、电子胃肠镜等先进医疗设备，为11所苏木镇卫生院（社区卫生服务中心）配置了医疗卫生流动服务车；为8所苏木镇卫生院（社区卫生服务中心）购置了全自动生化分析仪、心电图机、调剂全自动血细胞分析仪等设备。

基本公共卫生服务工作取得明显成效

以规范化建立居民（牧民）电子健康档案为抓手，积极推进基本公共卫生服务精细化管理，进一步规范组织管理、服务流程、实施步骤、

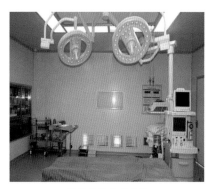

旗医院手术室内景

"健康小药箱"6000个，逐户签订了《家庭责任医生服务协议书》。到2015年初步建立起了以"健康小药箱"为抓手、"流动医疗卫生服务车"为保障、"牧户家庭责任医生制度"为衔接的向牧民提供"打包"服务的模式，有效拓展了"固定"服务体的服务范围，推进了由"坐等病人服务"向"主动入户服务"的转变，形成了"固定与流动相结合、定点服务与上门服务相结合、定期访视与不定期巡视相结合"的服务机制，有效解决了牧民群众"看病难"问题。

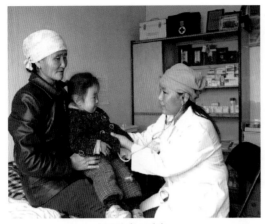

妇幼检查入嘎查

监督检查等程序，逐步扩大服务覆盖面，增加服务内容，提高基本公共卫生服务保障水平。全旗城乡居民电子健康档案建档率已达89.6%；孕产妇系统管理率提高到98.14%，孕产妇死亡率连续五年为零；儿童保健系统管理率提高到98.89%；65岁以上老年人健康管理率提高到98.0%；35岁及以上人群高血压、Ⅱ型糖尿病患者规范管理率分别达到67.8%和66.2%；基础免疫接种率保持在96%以上。各项指标均高于锡林郭勒盟平均水平。组织实施了牧民免费健康体检工程，采取自上而下、先集中后分散的方式为全旗牧区40周岁以上女性、45周岁以上男性免费健康体检7398人。

重大公共卫生服务工作顺利推进

加强疾病防控工作，认真开展了布氏病、结核、鼠疫、H7N9禽流感、包虫病、手足口病等传染病和地方病防控工作，近年来未发生甲类传染病和突发公共卫生事件。加大人间布病防治力度，布病报告发病数呈逐年下降趋势；累计免费治疗和管理的肺结核病人73例。加强妇幼卫生工作，实施了"降消"和"出生缺陷防治"项目，成果显著；为1079名住院分娩产妇发放住院分娩补助金43.18万元。组织开展了打击"两非"专项行动和已婚育龄妇女妇科病及"两癌"筛查工作，共筛查育龄妇女2166人，对查出的疾病和疑似"两癌"人员进行积极转诊或随访治疗。

医疗质量和服务能力明显提升

组织开展了"医疗质量万里行""优质护理服务示范工程""医疗质量管理、医德医风建设提升年"活动和"医疗质量和服务能力提升三年行动"，切实强化医疗质量安全监管，规范医疗执业行为。健全完善各项规章制度，全面落实首诊负责制、疑难病例讨论制度、会诊制度、危重患者抢救制度等医疗核心制度，确保了各项工作制度落实到位、责任落实到人。大力推进医疗机构提档升级工作，旗医院和蒙医医院分别通过二级乙等医院和二级乙等民族医院的评审，旗妇幼保健院通过一级乙等妇幼保健院的评审。加强医疗机构能力建设和重点专科建设，通过引进先进设备、加强专业技术培训、帮扶医院支持等多种途径，重点加强骨科、妇产科、麻醉科、消化内科、布病、肝病、五疗科等专病专科建设，不断拓展医疗服务项目。深入推进优质护理服务，到2015年全旗建立优质护理示范病区5个。积极推进单病种限价和临床路径管理，合理控制医药费用增长。目前对阑尾炎、胆结石、剖宫产等10个单病种进行限价，对48个病种实行了临床路径管理，平均住院日减少2—3天，住院费用降低200—300元。

蒙中医药服务能力稳步提升

认真贯彻落实《内蒙古自治区蒙医药中医药条例》和《内蒙古自治区人民政府关于扶持和促进蒙医药中医药事业发展的决定》。加强

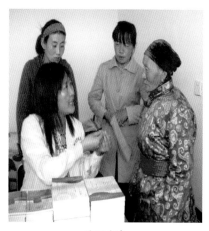

询问病情

切脉诊病

蒙医基础设施建设，实施了蒙医院综合楼、蒙药制剂室新建工程，蒙医院门诊楼、住院楼改扩工程。充分发挥蒙医药特色优势，积极推进"治未病"健康工程，开展了具有民族特色的策格保健疗法和推拿、按摩、放血等传统蒙医疗法，使老百姓享受到更加优质、高效、价廉的蒙医药服务。

计划生育工作扎实推进

有效落实计划生育目标管理责任制，低生育水平保持稳定。认真开展国家免费孕前优生健康检查，共为642对计划怀孕夫妻进行了免费检查。扎实开展"一杯奶"生育关怀行动，累计免费为1289名符合条件的牧区家庭、城镇无就业家庭和流动人口家庭孕期妇女每天提供一杯牛奶。免费为孕前妇女补服叶酸累计1443人7200瓶，有效降低了出生缺陷的发生。流动人口服务管理不断强化。开展流动人口统计

北京医疗专家义诊

和信息化建设，开展了动态监测调查，服务管理水平稳步提升。积极推广均等化服务，为流入人口免费提供计划生育基本技术服务。

卫生队伍建设取得初步成效

切实加大紧缺型专业技术人才引进力度，利用盟行署引进人才"绿色通道"，引进临床、麻醉、检验、医学影像、预防医学等紧缺专业技术人才80名。切实加强医务人员在职教育培训，采取集中培训、进修深造、外派考察学习、临床示教和函授学习等多种方式，有效提高了医务人员业务能力和服务水平。由旗医院相关专家深入基层开展"传、帮、带"活动，注重提升基层医务人员素质，有效提高了基层医疗服务水平。认真组织开展责任意识、服务能力"双提升"活动，强化医务人员的服务意识、责任意识和安全意识，促进了全旗医疗质量和服务水平的全面提升。

春色满园
——文化体育工作成就展示

阿巴嘎旗具有悠久草原文化传统，民族文化底蕴深厚，在历史上曾涌现出一代又一代的文人才子、蒙藏翻译家、诗人、潮尔道歌手、蒙古语说书艺人、民间祝颂艺人等。

笛子独奏

在长期社会实践中，逐步形成了搏克、套马、潮尔、那达慕、民俗礼仪、民族饮食、歌舞等独特的民族文化。中华人民共和国成立以后，阿巴嘎旗先后成立了新华书店（1956年）、电影公司（1956年）、文化

舞蹈

牧民在家中收看电视

馆（1957年）、乌兰牧骑（1958年）、图书馆（1978年）等，各苏木相继成立了文化站，嘎查成立了文化室，各类文艺人才汇集于各种文艺团体，文艺创作和文化市场更加繁荣。同时新闻传媒事业有了较大发展。1956年，阿巴嘎旗收音站成立，1959年10月1日成立阿巴嘎旗人

电视差转台

民广播站，正式开通有线广播，收音站并入其中。1966年，阿巴嘎旗第一家广播站放大站在那仁宝拉格苏木成立。此后，各公社相继建立放大站，到1974年各生产队也分别建立放大点，基本形成覆盖全旗的有线广播网。1982年，阿旗广播站配备了蒙汉文专职编采人员，正式开办固定的蒙汉两种语言的地方自办节目，同年在新浩特镇建立第一座电视差转台，正式转播锡林郭勒电视台、内蒙古电视台复制节目。1984年，距新浩特镇5公里的额日格图乌拉山电视差转台建成并投入使用，同年12月，阿巴嘎旗电视台摄制并播放了第一条"阿巴嘎旗新闻"。1994年阿巴嘎有线电视台成立，全旗文化发展、新闻宣传事业进入新阶段。

进入21世纪以来，特别是党的十八大以来，阿巴嘎旗深入挖掘乌冉克部落深厚的民族文化底蕴，努力发展具有浓郁民族特色、鲜明地方特点的民族先进文化，不断加强文化基础设施建设，完善公共文化服务体系，积极组织开展多种形式的群众性文体活动，有力地促进了地方民族文化的繁荣与发展，使人民群众真正成为文化发展的受益者。

加强民族文化遗产的保护与传承

切实加强对金长城、杨都庙、

傲伦宝力格古墓群、阿巴嘎岩画群和夏哈古墓等71处各级文物保护单位的保护工作力度。开展了全国第一次可移动文物普查工作，已完成博物馆556件套、档案局10件套、汉贝庙20件套、杨都庙9件套。包括瓷器、陶器、铁器、石器、生活用品、植物标本、骨化石、佛教用品、法器、书籍、档案、民俗用品等共595件套文物的普查，并通过上级审核验收。创新文物保护工作方法，成立8人组成的马背文物（金长城）保护队。非物质文化遗产普查传承工作得到长足发展。多声部民歌（潮尔道－阿巴嘎潮尔）入选第三批国家级非物质文化遗产名录。"马奶

岩画

酒（策格）制作工艺""马头琴泛音演奏法"入选第四批自治区级非物质文化遗产名录。组织人员开展民间蒙古长调、"潮尔"、阿巴嘎民歌演唱技法收集整理工作，并利用录音录像等现代手段对民间唱法进行抢救性记录整理。开展阿巴嘎服饰、民歌、生活皮制用品、麦丽雅、传统马鞍等非物质文化遗产的收集

岩画

国家级非物质文化遗产——潮尔道

整理工作，同时做好具体传承人的认定工作。目前，阿巴嘎旗已有国家级非遗项目1项、自治区级非遗项目达到7项、盟级非遗项目11项；自治区级非遗传承人6人、盟级非遗传承人16人。

努力打造具有地方特色的"哈日阿都"文化品牌

阿巴嘎旗利用得天独厚的区域优势和丰富的马资源优势，大力发展马文化和马产业，努力打造具有民族特色、地方特点的"哈日阿都"文化品牌。2007年9月，在北京人民大会堂召开的中国马业协会第二次会员代表大会上，阿巴嘎旗蒙古马研究发展促进会副会长当选为中国马业协会理事。自2009年起，阿巴嘎旗每年都举办"哈日阿都"暨"瑙敏阿巴嘎"主题文化艺术节，先后成功承办了中蒙两国"马奶生产化基地建设项目研讨会"分会，举办了自治区第八届民运会马上三项表演项目，以马文化为主题的阿巴嘎、苏尼特、乌珠穆沁三旗"马文化"那达慕等。期间组织开展的全旗性搏克、赛马、射箭、沙嘎、蒙古象棋等民族体育类，品策格、搓毛绳、民族手工艺展示等民俗类，牧民文化艺术节、奇石展、书法摄影展等

哈日阿都文化节

173

文化艺术类赛事，极大地丰富了广大人民群众的业余文化生活。阿巴嘎旗现已先后被命名为"哈日阿都文化之乡""策格文化之乡""中国马文化摄影创作基地""内蒙古哈日阿都文化摄影创作基地""内蒙古马文化电影拍摄基地"等。每年举办的"阿巴嘎旗哈日阿都"暨"瑙敏阿巴嘎"主题文化艺术节现已成为集中展示地方民族文化、传统文化、民俗文化的舞台，也成为阿巴嘎旗一张亮丽的文化名片。

休憩

加强部落民俗文化研究与传承

陆续成立了阿巴嘎民俗文化研究会、别力古台部落文化保护与发展协会、蒙元文化经典——"潮尔"研究会、搏克和蒙古象棋协会等，以积极挖掘、促进别力古台文化和阿巴嘎文化的传承与发展。目前，阿巴嘎旗已被内蒙古自治区民间文艺家协会命名为"别力古台部落文化传承基地""阿巴嘎潮尔道之乡"等。每年的农历五月十五、五月二十、六月初

阿巴嘎草原

祭祀活动

九分别举办成吉思宝格都山、贡扎布
敖包、别力古台祭祀活动。其中，成
吉思宝格都山祭祀始于 300 多年前，
贡扎布敖包祭祀活动始于 1933 年，

别力古台祭祀始于 2010 年。除此之
外，还有成吉思呼德苏鲁德等祭祀活
动。这些具有浓郁地方特点、民族特
色的民间民俗文化，展现了乌冉克部

苏鲁德祭祀

落深厚的民族文化底蕴，体现了蒙古民族崇尚自然、崇敬先祖、热情豪爽、乐观豁达的优良传统，已成为优秀民族文化的重要组成部分。

大力加强文化基础设施建设

累计投资 3200 余万元，先后新建了阿巴嘎博物馆、阿巴嘎广场、乌兰牧骑办公楼等文化项目，并配套建设了展览室、电子阅览室以及排球场、篮球场、网球场等群众性文化体育设施，对乌兰牧骑灯光、音响等设备进行了更新。积极贯彻落实《阿巴嘎旗全民健身计划纲要》，加强公共体育设施建设，完善健身场地和健身路径建设。全民健身中心现已完成主体工程，到"十二五"末体育场达到 8 处，健身路径 36 条，

晨练

社区文艺演出

田径场、足球场、篮球场共 40 片 9000 平方米，羽毛球场 24 块 4800 平方米，网球场 2 片 2000 平方米，苏木镇健身广场 6 片 6000 平方米，

雕塑

比赛

阅读蒙古文报纸

初步形成了一个以宣传文化中心为主,各社区休闲广场、体育场等公共场所为辅、覆盖全旗的文体活动设施网络。

公共文化服务体系建设效果显著

阿巴嘎旗71个嘎查文化设施设备配备实现100%覆盖。安装"户户通"设备8100套,"户户通"工程覆盖面达到95%以上。高山台站基础设施改扩建建设项目进展顺利,"十二五"期间,新增加7部数字电视发射机、4部调频广播发射机,发射机总数达到了25部,新建地面数字电视发射台2处,广播和电视覆盖率分别达到98.4%和97%。

"三馆"免费开放工作成效明显

认真贯彻落实图书馆、文化馆(站)、博物馆免费开放工作,充分发挥文化场馆功能,为广大群众提供了优质的文化服务。阿巴嘎旗图书馆藏书量达到了43475册,其中蒙古文图书达到13582册。文化馆大力实施文化信息资源"共享工程"和"数字文化走进蒙古包"(牧

民知识加油站)工程,极大地满足了广大人民群众读书需求。博物馆每年免费开放300天以上,五年来接待社会各界参观人员7.2万人次。

广播电视事业稳步发展

阿巴嘎广播电视台新建一处综合办公楼,对采播编设备进行了更新,2015年自办广播节目采播编设备进行更新。陆续新办推出了《你知道吗?》《乌德时间》《百灵鸟》《瑙敏阿巴嘎》等一批定位更加清晰、风格更加鲜明的优秀电视栏目,得到了广大电视观众的一致好评。广播电视台年均播放蒙汉语新闻1500余条,专题栏目130余部,摄制、制作、播出专题晚会20余场;在锡林郭勒盟电视台年均播放蒙古语新

线路检修

广播电视入户

闻 40 余条，汉语新闻 50 余条。

文艺创作演出水平不断提升

阿巴嘎旗乌兰牧骑先后获得全区第六届艺术节团体金奖、全盟文艺会演团体金奖、团体一专多能奖等多项全区、全盟奖项。2014 年，阿巴嘎旗乌兰牧骑被文化部、人力资源社会保障部评为"全国文化系

牧民业余文艺演出

社区文艺活动

统先进集体"。

文化市场管理工作健康稳定发展

　　每年开展"两节""两会"集中整治行动、校园周边文化市场集中整治行动、文化市场消防安全大检查专项整治行动。加大对网吧、歌舞娱乐场所等文化市场的监管力度，深入开展"扫黄打非"工作，严密查缴政治性非法出版物。目前全旗有网吧 10 家、酒吧 6 家、书店 6 家、音像制品经营单位 2 家。

　　群众性文化体育活动日益丰富。每年重大节假日期间，相关单位都会组织开展群众性大合唱、文艺展演、诗歌朗诵、校园艺术节、"送图书下乡"、"送图书进社区"、"送文艺下乡"、"诗歌之音"等活动，每年定期举办全旗性速度滑冰、登山、乒乓球、羽毛球、篮球等体育赛事活动，极大地丰富了群众的精神文化生活。

乌兰牧骑阿巴嘎潮尔专场文艺演出

亮丽边城
——城镇建设工作成就展示

中华人民共和国成立以前，阿巴嘎旗人口稀少，房屋建设简陋，公共建筑和居民住宅都是土房。1957年成立阿巴嘎旗建设局，当时称阿巴嘎旗定居委员会。1961年，牧区定居委员会改称阿巴嘎旗牧区建设委员会。新浩特镇十字路形成于20世纪50年代，1986年10月1日，新浩特镇东西、南北两条主要街道黑色油路建设工程竣工。到20世纪90年代末，阿巴嘎旗的城镇基础设施建设水平总体上不高，历史欠账较多。

近年来，阿巴嘎旗紧紧抓住国家加快推进城镇化建设的有利机遇，按照打造"工业重镇、经济强镇、文化名镇"的工作目标，坚持高起点规划、高质量建设、多渠道筹资、精细化管理的方针，本着"控制外延、完善功能、突出特色、提高品位"的原则，不断完善城镇功能、突出城镇特色、提高城镇品位，城镇建

街道

街景

设稳步推进。"十二五"期间阿巴嘎旗累计投入城镇建设资金23.46亿元，并被评定为锡林郭勒盟城乡统筹建设示范乡镇。

以规划为龙头，指导全旗城镇建设工作

阿巴嘎旗始终把城镇规划作为城镇建设和发展的蓝图，高度重视城镇规划的编制和执行工作。投资6000万元，不断完善阿巴嘎旗城市总体规划修编、全旗体系规划编制、新区建设控制性详细规划编制、供热专项规划、城镇绿化专项规划、排污专项规划、消防专项规划、阿巴嘎岩画主题湿地公园建设规划、污水处理厂周边绿地景观、滑雪场规划以及查干淖尔镇、洪格尔高勒镇修建性规划等，规划用于指导城镇建设的作用明显增强。

夜景

以基础设施建设为重点，不断完善城镇综合功能

阿巴嘎旗始终坚持"先规划、后建设，先地下、后地上"的原则，按照可持续发展的战略，加快基础设施建设步伐，提高资金使用效益，开工建设了一大批道路、给排水、供热、绿化、美化、亮化等市政工程，有效改善了城镇基础设施状况，城镇综合服务功能明显增强。"十二五"期间用于城镇基础设施建设的投资达 4.25 亿元，完成新建改建城镇道路 16 条，道路面积约 24.6 万平方米，硬化人行道、巷道 53 条 24.78 万平方米。安装各种路灯、景观灯 531 盏，维修 1418 盏。绿化城区 324.5 亩，新增、补植树木花卉约 3 万棵、25 万株。新增改造供水主管网 23.68 公里、排污管网 23 公里，新建改造供热管网 46.7 公里，新建换热站 8 座，新建改造水冲厕所 28 座，基本满足了居民的生活需求。"十二五"

璀璨夜景

初，污水处理厂和垃圾处理厂建设工程全面投入使用。完成全盟第一家处理水质一级 A 标准污水处理提标工程，成功创建自治区卫生旗县。

"十二五"期间，阿巴嘎旗城市市政公用设施水平有了很大提升，别力古台镇人口密度达到 956 人／平方米，人均日生活用水量 57.23 升，用水普及率 83.64%（包括暂住人口），燃气普及率 37.17%，建成区供水管道密度、排水管道密度分别力 15.25 公里／公里和 6.25 公里／平方公里，人均城市道路面积 28.33 平方米，污水处理率、生活垃圾处理率分别为 55.29% 和 47.12%，人均公园绿地面积 10.78 平方米，建成区绿化覆盖率、建成区绿地率分别为 14% 和 13.04%。

大力推进新区建设，加快旧城区改造步伐

按照"旧城改造和新区建设相结合"的建设思路，近年来阿巴嘎旗把城镇建设作为优化生产力布局

灯光亮化工程

宽敞的马路

和改善民生的重要工作来抓，不断加大城镇建设力度，改善人居环境，有效提升了全旗城镇建设总体水平，镇容镇貌明显改观，人居环境明显改善。在别力古台镇西北处新建办公新区。办公新区规划总占地面积223.83公顷，主要分为行政办公区、休闲娱乐区、文体教育区、住宅及商业服务区四个区域，并配套建设硬化、绿化、亮化、给排水、供热、强弱电、公共交通等基础设施。新办公区目前已建有党政综合楼、农牧业服务中心综合楼、社会福利院

综合楼、人武部办公楼、林水城建综合办公楼、地税局办公楼、劳动就业培训中心综合楼、法院办公楼、财政国土办公楼、宣传文化中心等，总建筑面积达70576平方米。

投入4150万元建成了阿巴嘎广场和汉贝庙广场。阿巴嘎广场占地9.1公顷，在创意上突出了"人与自然和谐，突出草原自然景观和地域风情"的理念，以"草原中的广场和广场中的草原"为看点，使广场布局与相邻的别力古台文化园有机衔接，相互呼应。广场内部设有休闲长廊、戏水池、景观喷泉、假山和各类体育活动场地等。整个广场将体育健身、休闲娱乐、集会演出等多种功能汇集一体，成为别力古台镇城镇建设的一大亮点。汉贝庙广场占地面积2.7万平方米，是集休闲、集会、展览、旅游观光、团体活动、

整洁的街道

文化广场

休闲娱乐

休闲娱乐

教育、观演为一体的多功能城市休闲广场。广场以具有蒙古民族代表性的吉祥物'哈达'为主题贯穿南北，北侧造型舞台平时可作为景观台，也可为各种节庆日或大型活动提供自由舞台，具有多方面的使用功能。

大力推进城镇旧城区改造及农牧区危房改造项目。"十二五"期间，累计投资8.79亿元。其中，旧城区棚户区改造2578户，征收面积达30.15万平方米；建设保障性住房1200户；牧区危旧房改造1920

城镇建设

户。房地产开发项目投资7.56亿元，开工项目114个，面积约106.3万平方米。改造棚户区1800户，建设保障性住房50套，完成房地产开发29.8万平方米。

突出民族特色，打造民族文化特色城镇

按照"突出民族民俗文化、与城镇建设融为一体和打造独具特色旅游景点、带动经济发展"的设计理念和构想，阿巴嘎旗投资2600万元，建成集生态、休闲、娱乐、健身、民俗为一体的综合性公园别力古台文化园。文化园依山而建，共包括贡扎布敖包、别力古台文化广场、生态植物园三部分，整个文化园充满了浓郁的民族风情和鲜明的地方民俗文化特色。

贡扎布敖包汉语意为普度众生，是被清朝宫廷赐封为"善源寺"的阿巴嘎汉贝庙的附属敖包。因其外观呈白色，民间也尊称为"查干敖包"。贡扎布敖包祭祀活动始于1933年，于每年的农历五月二十举行，"文革"期间贡扎布敖包遭到破坏，祭祀活动也随之中断。后于2006年根据牧民群众的意愿进行了重建并恢复了祭祀。敖包由大小13座敖包组成，占地面积6000平方米。中央主敖包直径设计为9米，其他12座敖包一字型向外排列，每个敖包直径依次递减一米。敖包和周围这2000平方米场地都用雨花石镶嵌和铺设。依藏传佛教蓝（天）、红（日）、白（月）、黄（宗）、绿（地）吉祥五色，主敖包旗杆顶端为铜雕

日月图案，其他敖包旗杆顶端为铜雕四龙降雨喷水图案，主敖包正前方用雨花石镶嵌成全旗行政区划图。敖包右前方是祈求风调雨顺平安健康的吉祥坛城，坛城前方的雕塑是打开的书，这本书是由包·赛吉拉夫教授编写的地方丛书《别力古台》，打开的是第154页，内容为"别力古台是可鉴定的历史人物"。这座雕塑与文化园内的雕塑群浑然一体，既增添了文化园整体美感，又赋予园内浓厚的历史文化气息。从山顶到十三敖包大门共设计为108级台阶，沿路是用儿马鬃毛制成的九种苏鲁锭。大门的形状是马背托起的向上的弓，正副门的形状相同，但正门弓形上是《八骏图》，副门弓形是阿巴嘎蒙古族妇女头饰形状，

贡扎布敖包祭祀（一）

贡扎布敖包祭祀（二）

上面镶有具有当地特色的蒙古族传统图案。大门设计图案中的马、弓、月整体标志着马背民族的光辉历程及未来各种事业的兴旺发达。大门前方是一组艺术化的狼群雕塑，13匹狼形态各异，栩栩如生，展示了蒙古民族图腾文化。

顺着贡扎布敖包大门逐级而下，就来到了别力古台文化广场。在文化广场上，矗立着一座充满了磅礴气势的雕像，这就是阿巴嘎部落的祖先别力古台塑像。体魄健壮、骁勇善战的一代跤王别力古台以"一国不及之力"、气吞山河的英雄气概，赢得了后人的无限崇敬。每年7月20日在这里隆重举行"别力古台祭祀"活动。广场上有马头琴、勒勒车、蒙古刀、烟袋、火镰和巨型马鞍等各种造型独特的雕塑。这些雕塑集中体现了蒙古族文化特点和阿巴嘎部落传统的信仰、民俗和传承。每年夏季，由全旗各苏木镇轮流在

别力古台文化园

别力古台文化园一角

此负责筹备一台文艺晚会。整座广场设有立体声环绕音响设备，悠扬的音乐结合优美的景色形成了公园又一亮点。

别力古台文化广场的两边就是生态植物园。生态植物园截至目前共种植了28个品种3万余株植物，

果园占地160亩，有800立方米的水池一座，为滴灌和喷灌提供水源。右侧林荫间摆设了多处由民间搜集到的具有当地特色的奇石，其中有1989年出土的突厥墓前殉葬石人、顿柱巨石等，每一处石景都蕴藏着一段民间故事。

位于别力古台镇东南的查干朝鲁图珠洒乐旅游景区为阿巴嘎旗城镇建设的又一亮点。查干朝鲁图珠洒乐汉语意为白石头夏营盘，占地

马头琴雕塑

查干朝鲁图珠洒乐

查干朝鲁图珠洒乐内景

面积100公顷，布局巧妙，景色优美。园区北部有蒙古族妇女赶着勒勒车拉水的雕塑，南部有图拉嘎（火撑子）雕塑，中间有造型为传统的蒙古族男冠形状的凉亭等雕塑。这些雕塑造型逼真，雕工精致，体现了牧民勤劳纯朴的本色，体现了阿巴嘎蒙古族的风俗传统。园区餐饮服务区可提供蒙古族特色餐饮以及民族传统高级饮品——策格（马奶）等，民俗体验区可开展射箭、赛马、摔跤、篝火晚会、民俗体验等多种参与性活动。查干朝鲁图珠洒乐目前已被评为国家级AA景区。

创新城镇管理模式，推进城镇"精细化"管理

按照"无缝隙、全覆盖、零盲点"的原则，制定完善了城镇管理标准和操作规程，建设专业化的城镇管护队伍，加强网格化管理，实现了城管、社区、物业综合治理的有机统一，有效提升工作效率和准确性。推进城镇管理"长效化"，加强执法部门与管理部门之间的协调联动，实现资源共享、优势互补，提高依法管理城镇的能力和水平；发挥政府主导作用，采取政府购买服务方式，引入市场机制和社会力量提供社会管理服务。另外，进一步提升群众参与城镇管理的积极性，通过实施店铺门前五包、设立机关单位卫生责任区、志愿者卫生清理区等制度，形成全民共同维护城镇秩序和环境卫生的长效机制。

民族团结花盛开
——民族宗教工作成就展示

中华人民共和国成立以来，中共阿巴嘎旗委、旗政府历来重视民族宗教工作。在经济工作上，认真执行"三项照顾"政策（即对畜产品收购实行最低保护价，工业品销售实行最高限价，生活必需品实行补贴价），以发展牧区经济、满足牧民的生产生活需要。在商品物资紧缺的年代，阿巴嘎旗将砖茶、酒、绸缎、马鞍、蒙古包、蒙古靴、蒙古刀等列为民族特需用品，由商业供销社实行专人专门采购，确保供应。在教育上，多年来坚持优先发展民族教育，在招生中对蒙古族学生的录取分数适当降低。在粮、肉凭票供应时期，有关部门切实提高各民族中小学食堂肉食供应比例，增加细粮供应数量。在卫生工作中重视蒙医蒙药的推广和使用。蒙古语文广播、电视现在牧区已基本普及。在培养干部方面，1964年从各公社抽调部分大队干部参加党政中心工作，1974年从牧民中选拔了一批青年牧民担任副科级以上领导干部。在爱国统一战线方面，20世纪

修缮前的杨都庙内景

80年代后为汉贝庙的喇嘛落实了诵经场所，拨专款修复了杨都庙主殿，1990年推荐18名党外人士到旗直各单位和各苏木担任领导职务。

进入21世纪以来，中共阿巴嘎旗委、旗政府认真贯彻落实中央和上级民族工作会议精神，围绕"共同团结奋斗、共同繁荣发展"这一新时期民族工作主题，认真组织开展民族、宗教、蒙古语文各项工作，在民族团结进步、扶持"三牧"建设、宗教和谐稳定及蒙古语文事业方面取得了良好成绩，为全旗经济社会发展做出了应有的贡献。

兴边富民行动项目取得积极成效

投入1000多万元项目资金，完成了涉及10个嘎查183户牧民的183处暖棚建设任务。以流动畜群形式帮助牧民脱贫致富，近年来共为贫困牧民购买二岁母羊400只、马55匹、阿巴嘎种公黑马13匹，有效增加了贫困牧民的收入。完成4眼机井建设任务，为牧民购置了大型捆草机和拖拉机等牧机设备，解

虔诚的喇嘛（二十世纪八九十年代）

决了牧民生产生活困难。扶持牧民合作社创办民族特色旅游业，完成乌里雅斯台1处大型接待包和8套太阳能发电设备、2顶旅游接待包的建设工程任务。投入40万元，购置了9台木工机器设备，支持进城牧

兴边富民项目棚圈外景

优质种公羊248头等。实施了德力格尔宝拉格嘎查基础设施项目，完成建设棚圈36处，储草棚12处，购置6台打草机，改善了嘎查的畜牧业基础设施。

养牛基地

民创办民族手工艺品加工厂。做好民贸民品企业贴息贷款工作，与人民银行共同推荐阿巴嘎旗蒙元牧工商有限责任公司、阿巴嘎旗乌冉克民族服饰旅游手工艺品有限责任公司等11家个体私营企业列入国家民贸民品企业，争取到自治区民贸民品企业扶持资金45万元。实施了萨如拉图雅嘎查种公羊基地项目，完成围栏集体草场、建设棚圈、储水窖和住房等基础设施建设，购入了

深入组织开展民族团结进步创建活动

组织开展了形势任务、马克思主义民族观及法制宣传教育活动工作，广泛宣传了马克思主义民族观、党的民族政策及民族团结进步理论，对提高全旗党员干部马克思主义民族理论水平，进一步贯彻党的各项民族政策，推进民族团结进步事业起到了深远的影响。全面提高做好新时期民族工作的能力和水平，大力宣传阿巴嘎旗民族团结进步先进典型事迹，民族团结理念更加深入人心。

完善宗教管理三级网络建设，切实为宗教界办实事

与各苏木镇及相关部门签订了完善宗教管理三级网络建设工作责任状，确保了全旗宗教领域和谐稳定的良好局面。提高了宗教教职人

兴边富民项目棚圈内景

修缮前的杨都庙内景

员生活补助标准。将宗教教职人员生活补助标准由原来的460元／人·月提高到667元／人·月。针对个别寺庙人员少、管理人员老龄化等实际情况，根据寺管会和个人意愿，备案增加了2名喇嘛，让年轻一代的宗教人员担任一定职务，初步解决了寺庙管理人员队伍老龄化问题。3所寺庙管理基本达到了上级规范化管理的要求。将汉贝庙、清真寺、杨都庙三个宗教活动场所商业电价调整为居民生活电价，切实维护了

宗教界合法权益。重视全旗宗教界人士和信教群众的诉求，着手启动汉贝庙的恢复重建工作。协调相关部门，为清真寺新建街面楼工程减免了电线杆改线、工程监理等费用，累计金额近5万元。启动了杨都庙维修工程。争取到内蒙古自治区寺庙维修补助经费20万元，完成了庙顶换瓦及部分彩绘工程。

全面做好蒙古语言文字工作

成立了由旗分管领导担任委员会主任、由72个成员单位组成的阿巴嘎旗蒙古语文工作委员会。大力宣传《内蒙古自治区蒙古语言文字工作条例》，加强市面用文管理检查工作，为推进蒙古语文法制化进程创造了良好舆论环境。邀请中国人民大学蒙古学著名专家以及我区各大院校、科研机构的专家学者参加全国首届别力古台与阿巴嘎历史

和谐寺院创建

成吉思宝格都祭祀

文化研讨会，阿巴嘎旗被确定为"内蒙古大学蒙古学学院草原文化研究基地"，开启了科研院校与地方政府共同推进民族历史文化事业的新模式。资助出版了具有很高的历史资料价值和学术价值的《高·吉穆彦作品集》，对阿巴嘎旗民族历史文化的繁荣发展产生了积极影响。

承办好大型民俗祭祀活动

按照中共阿巴嘎旗委、旗政府的统一部署，各方精心筹备、共同谋划，全力办好集体祭火仪式和别力古台祭拜活动，协助各苏木镇轮流承办好成吉思宝格都山祭祀等大型民俗活动。在保持传统祭祀文化内涵的基础上，根据发展本地区历史文化的需要，对祭祀活动的程序和内容进行进一步改进和完善，从而有效地弘扬了传统民俗文化，凝聚了民心。

幸福花开——"十二五"民生工作成效展示

"为政之要在于安民，安民之要在于济民"。近年来，中共阿巴嘎旗委、旗政府全面贯彻落实党的十八大和十八届三中、四中、五中全会精神，始终把改善民生、发展民生作为加快发展、协调发展、创新发展的出发点的落脚点，坚持从解决人民群众最关心、最直接、最现实的利益问题出发，把有限的财政资金用在改善群众的生产生活条件上，让改革开放和经济社会发展的成果更多地惠及百姓，让人民群众共享改革开放和经济社会发展成果。

实施积极的创业就业政策，大力推进创业带动就业、培训稳定就业

"十二五"期间，阿巴嘎旗共征集就业岗位27758个，安置各类人员11340人，培训各类人员7638

就业服务培训

人，发放小额担保贷款 10427 万元。

广泛征集开发就业岗位。抓住加快发展服务业、物流业、旅游业和商贸餐饮业的有利时机，广泛征集就业岗位。坚持开展"再就业援助月""春风行动""民营企业招聘周"等公共就业服务专项活动，实现了扩大就业与经济发展的良性互动和协调推进。广泛开展城乡技能培训。根据特色产业、重点企业的劳动力需求情况，根据重点企业和项目的用工需求，大力开展"订单式""定向式"培训。建立了集职业介绍、技能培训、就业培训、就业指导等

窗口为一体的"一站式"服务机制，对有劳动能力和就业愿望的各类人员开展餐饮服务、家政服务、手工编织、皮雕、财务基础等多项内容的免费和补贴培训，通过形式多样的培训活动，实现"培训一人，就业一人"的目标。

加强失业保险工作，保障失业人员权益。深入企事业单位开展调查研究，使符合参保条件的劳动者尽快参保，扩大失业保险覆盖范围。抓住落实优惠政策的有利时机，做好再就业下岗失业人员的参保工作，配合地税部门做好失业保险基金的收缴征缴工作，确保按时足额发放失业救济金，保证失业人员基本生活。落实小额担保贷款的优惠政策。坚持把发放小额担保贷款与创业培训工作有机结合，提高失业人员自主创业能力和创业成功率，从而带动更多的人就业，实现创业带动就业的目标。

面点师培训

发放小额担保贷款

优先重点发展教育卫生事业，不断满足群众享受更高更好教育医疗的新要求

坚持改革创新精神和育人为本的核心要求，努力办好人民满意教育。教育内涵得到全面发展，学前教育、义务教育、高中阶段教育均衡发展实现新突破。师资水平、管理水平、教育技术、教育教学质量等大幅提升。初步构建了以公办幼儿园（所）为主，以社会力量办园（所）为辅的多元化办园（所）格局，全面满足适龄幼儿入园要求。进一步巩固义务教育普及成果，注重培养学生自主学习、自强自立和适应社会的能力，积极开展研究性学习，注重学生品行培养，激发学习兴趣，提高健康水平，养成良好习惯。高度重视并优先重点发展民族教育，切实加强民族学校基础设施建设，改善民族学校办学条件和牧区寄宿学生的食宿条件，把民族文化、礼仪、风俗有机融入学前教育、义务教育、

牧区幼儿园

高中教育等各个阶段。实施民族特色学校创建工程，开展好民族优秀文化传承教育。进一步落实校（园）长责任制，切实加大师资培训力度，提高教师的业务水平和教育教学能力。继续实施中小学校舍安全改造工程、初中校舍改造等各类项目建设，做好建设用地的划拨、征用、配套资金、质量监管等工作，确保每一个建设工程都办成优质工程，民心工程。

基本医疗保障水平进一步提高。新型牧区合作医疗制度不断完善。"十二五"期间，全旗牧区合作医疗人均筹资标准由 165 元提高到 490 元，政策范围内住院补偿比例由 60% 提高到 80%，报销封顶线由 4.5 万元提高到 20 万元。稳步推进旗级公立医院改革，全旗公立医院取消了除中药饮片和蒙药除外所有销售药品加成，实行零差率销售。大力推进新农合支付方式改革，在旗医院实行了"先诊疗、后付费"制度，进

"六一"文艺表演

合作医疗报销

卫生服务下基层

一步方便了牧民患者看病就医。

医疗服务能力持续提升。在卫生系统认真组织开展责任意识、服务能力"双提升"活动，"十二五"期间共培训各类在职卫生技术人员800余人次。新增了全身麻醉、甲状腺功能检测以及肌酸激酶同工酶检测等医疗技术服务，重点加强了布病、肝病、五疗科等专病专科建设。牧区医疗卫生服务体系进一步巩固。探索建立了"固定＋流动"牧区医疗卫生服务体，有效解决牧区交通不便和部分牧民主动就医意识不足的问题。健康教育工作取得新突破。在全区率先推出"阿巴嘎卫生计生""基层卫生院"等综合服务微信平台，使广大群众能够及时了解各项卫生计生惠民政策，全面、便捷地掌握更多的健康知识。截至目前，已利用微信平台发布各类信息530余条。重大公共卫生服务工作顺利推进。2014年阿巴嘎旗荣获国家级优胜鼠疫监测点荣誉称号。进一

步加强了医疗市场、饮用水、公共场所和重大活动的卫生监督工作，未发生任何重大卫生事件。计划生育家庭发展工作深入开展。奖扶"三项制度"有效落实，"十二五"期间，共发放补助金98.85万元，累计扶助对象113人、特别扶助对象27人、少生快富对象76户。

稳步推进全民参保计划，基本实现了法定人员全覆盖

强化社会保险稽核，确保"应收尽收、应保尽保"。定期对各类参保单位、私营企业、个体工商户等进行依法检查，督促其及时参保，按规定缴纳养老保险金，做到应保尽保、应征不漏。坚持专项稽核和常规稽核相结合，着力解决企业少报、漏报、瞒报基数和缴费人数问题。努力扩大社会保险参保覆盖面，按时完成全年征缴任务。城镇职工养老保险、城乡居民养老保险、城镇职工医疗保险、城镇居民医疗保险、工伤保险、参保人数逐年增长。及

时足额发放离退休人员养老金。始终把确保发放作为维护社会稳定和事关人民群众最现实利益的一件大事来抓，切实做到了养老保险待遇每月 25 日前按时足额发放，社会化发放率达到 100%。严格做好退休人员特别是新退休人员信息核查工作，防止重复领取待遇现象的发生。

努力为参保人员提供优质服务。缩短医疗保险报支办结时间。在广泛征求意见的基础上，改进工作流程，提高工作效率，将医疗保险报支办结时间从原来的 20 天缩短至 7 个工作日，并对特殊困难参保人员开通"绿色通道"，及时予以报支。在原有的指纹识别认证方式外，新增了指静脉和人脸信息采集系统，方便了各参保退休人员进行养老待遇资格认证。新安装了 2 台"12333"自助服务机，已采集信息的参保人员可根据操作提示自主认证。

切实保障困难群众的基本生活水平，让困难群众共享经济社会发展进步成果、得到更多实惠

城乡社会救助工作成效显著。城乡低保水平稳步提高，城镇低保由 2011 年的人均 360 元 / 月提高到了 2015 年的人均 575 元 / 月，年人均补助水平由 270 元 / 月提高到了 400 元 / 月；牧区低保工作由年人均 2400 元提高到了 4195 元，年人

社保办公现场

均补助水平由 1400 元提高到了 2520 元。牧区五保供养集中和分散供养最低标准由每人每年 4650 元和 4400 元，分别提高到每人每年 11040 元和 7200 元。孤儿养育人均集中供养标准和社会散居孤儿人均供养标准由 1000 元和 600 元分别提高到每月 2000 元和 1600 元。"十二五"期间，阿巴嘎旗累计共为城镇低保户 76506 人发放低保资金 3056.9 万元，为 3495 户 6903 人发放牧区低保资金 1980.86 万元。为 34 人发放孤儿资金 47.4 万元，为 137 人发放三无资金 155.5 万元，为 193 人发放五保资金 123 万元。为 552 户牧区低保户发放了 4.12 万元的电价补贴，惠

劳动保障系统与用工企业洽谈会现场

及 997 人。

社会事务管理能力不断提高，加大了城乡医疗救助实施力度，加快完善城乡居民临时生活救助制度；城乡特困家庭大学生救助有序开展。双拥优抚安置政策得到较好落实。各类优抚对象的抚恤补助标准逐步提高，优抚对象医疗保障"一站式"结算工作全面推开，优抚保障能力进一步增强。大力推进符合安置条件的退役士兵自谋职业的安置政策，对肖诚、苏剑啸诸烈士纪念碑进行了维修。自然灾害救助工作及时有效，完善了 14 项救灾资金管理使用制度，救灾应急能力和救灾水平得到较大提高。基本养老服务补贴目标人群覆盖率达到 90% 以上，2015 年阿巴嘎旗每千名老年人拥有养老床位数达到 200 张，养老服务设施，已达到人均用地标准。新建城区和新建居住小区，按标准要求配套建设了养老服务设施。进一步扩大高龄津贴覆盖范围。从 2015 年 1 月 1 日起，

福利院里的老人集体过寿

阿巴嘎旗享受高龄津贴人员年龄由 80 周岁降至 78 周岁，为 2947 人发放高龄津贴共计 417.5 万元。

以残疾人共享小康工程为抓手，逐步改善贫困残疾的基本生活。2011 年以来，有 343 名残疾人享受低保政策，在 148 名重度残疾人全额享受低保金或补助金，510 人参加城镇居民养老保险，328 人参加城镇居民医疗保险。大力推进以廉租房为重点的保障性住房建设。自 2011 年以来，累计投资 1.64 亿元，新建城镇保障性住房 970 套 5.04 万平方米，其中廉租房 570 套 2.8 万平方米，公租房 400 套 2.2 万平方米；完成 1120 户牧区危房改造、210 户牧民新居和 1830 户节能改造的建设任务。

养老服务创新亮点。从 2014 年起，阿巴嘎旗积极探索牧区集中养老的新模式，并重点建设哈乐穆吉养老服务中心。养老服务中心总建筑面积 2.3 万平方米，截至目前，共投入财政资金约 2050 万元，现已入住 325 户 767 人，服务覆盖全旗

为民服务

关爱老人

5454 名老年人。哈乐穆吉养老服务中心在建筑风格上，体现传统蒙元文化和民族地域特色结构；在运营管理上，突出民族习俗人文关怀，符合牧区老年人起居、饮食、服饰习惯和体能心态等牧民家庭生活特征；在服务功能上，具有养老育幼、医养保健、民俗娱养等多种模式的牧区养老服务功能。哈乐穆吉养老服务中心已成为全自治区首家牧区养老中心，她的创新做法开辟了牧

区集中养老的新模式，在全自治区都有着很强的示范带动作用。

稳步推进精准扶贫工作，确保如期实现贫困人口脱贫工作目标

"十二五"时期，五年间累计投入扶贫资金 6602 万元，实现 1366 户 4168 人脱贫，较"十一五"时期贫困人口减少了 1366 户 4168 人。

落实扶贫项目，全力推进精准扶贫。抓好产业扶贫。在 15 个嘎查实施了"三到村三到户"项目，"十二五"期间共投入 1350 万元，完成 276 户 624 人脱贫。"整村推进"项目累计投入 3390 万元，完成脱贫 172 户 613 人。抓好移民脱贫。对生存条件恶劣、无劳动能力、无生活来源的贫困人口，坚持自愿、积极、稳妥的原则，在保障他们牧区各类权益不变的基础上，实现了 140 人易地搬迁脱贫。落实贫困大学生每

牧民春节联欢会

"一助一"扶贫房交付使用

年1万元资助政策，让贫困家庭子女享受公平高质量的教育。对现有234户贫困户进行提高牧业生产实用技术、增强变业创业技能、启发脱贫意识等各类培训教育，进一步巩固了各类扶贫成果。

创新扶贫措施，保障扶贫措施和效益。抓好金融扶贫。经积极申请，阿巴嘎旗被列入全自治区实施"金融扶贫富民"工程旗县之一，每年投入担保补偿金500万元，用于发放至少5000万元贷款。现已发放贷款1.8521亿元，扶持贫困户260户。抓好社会兜底。继续落实扶贫特殊政策，保障贫困人口基本生活需求，已将家庭成员因残疾、年老等原因无法劳动，无法通过发展牧业和二、三产业增收脱贫，且现有各类政策性补贴因多种经济负担不能发挥增收脱贫作用的10户贫困户纳入民政和扶贫两项制度衔接范围，人均标准4188元/年，占脱贫户的4.2%。

交通基础设施实现跨越式发展，交通运输对经济社会发展的支撑保障能力进一步提升

全旗路网结构进一步优化。旗域内公路路网总里程达1932公里，路网密度达7公里/百平方公里，已基本形成以省道101线为依托、以县乡道为骨架，以嘎查路为补充的辐射7个苏木镇、71个嘎查的"8"字环形公路交通网络格局。全面实施砂改油工程。"十二五"期间，累计完成投资1.9亿余元，建设通村公路9条391公里，目前全旗累计有通嘎查公路57条。强化公路养

草原天路

护工作。先后投资 2822 万元，对 7 条 684 公里通乡公路和存在病害通村公路实施了路面坑槽处理、沉陷路基封闭、路面麻面修补、罩面及路肩整修等养护，延长了苏木乡村公路的使用寿命。公路运输服务明显提升。

筑路

层次、管理力量和管理水平都有了很大幅度提高。

强化城市客运管理工作。积极开展打击非法从事出租车经营专项整治活动，共查处违法车辆 16 辆，发放燃油补贴 264.83 万元。提高交通建设管理安全责任意识，切实加强安全生产各项工作。进一步完善了应急工作预案，充实了应急抢险救援队伍，实行 24 小时领导带班值班制，随时解决公路抢险、交通运输等方面的问题。全系统安全管理体系逐步完善，行业安全生产管理

深入推进依法治理工作，为经济社会发展进步提供优质高效的法律保障

法制宣传教育成效显著。以"六五"普法依法治理工作为契机，以"法治六进"为抓手，采取多种形式，广泛深入地开展了法制宣传教育活动。累计举办旗委中心组专题学习、科级干部法制讲座、公务员法制培训班等 56 期，组织干部年

出租车爱心车队

度法律知识考试5场次，受教育人数累计6000余人（次）。积极开展送法进校园活动，聘请法院、检察院等部门法律人员担任中小学法制副校长，每学年以校为单位组织法律知识考试，全旗中小学师生参考率达100%、合格率100%。扎实开展"法律进牧区、进社区"活动。在各苏木镇所在地建成法治文化广场，在居住地集中宣传法律知识30余次，发放法律宣传资料1万余份，解答群众咨询500余人次。开展"送法进企业"活动，通过送法律书籍、讲法制课等活动，抓好企业经营管理人员学法用法。加强部门法律法规宣传，利用世界环境保护日、国家宪法日等，组织开展法制宣传活动。通过几年的努力，全旗以宪法为核心的法律知识得到了较为广泛的普及，公民的法律意识和法律素质进一步增强，法治化管理水平进一步提高。

基层司法行政工作稳步推进。扎实开展人民调解工作。突出抓好基层人民调解组织机构、制度机制建设，完善了各苏木镇、嘎查的82个基层人民调解组织机构，形成"横向到边、纵向到底"的四级调解网络，促进调

普法工作者在嘎查举办法律知识竞赛

普法进校园

解业务规范化。认真贯彻落实"日排查、周调度、月汇总、季分析"矛盾排查化解工作制度，适时地开展"两节""两会"等重点时期社会矛盾纠纷集中排查调处活动。切实做好刑释解教人员安置帮教工作。实行分类管理，有针对性的实施帮教，对87名处于帮教期的刑释解教人员做到底数清、情况明；对生活困难的刑释解教人员，给予物质上的帮助。全面落实社区矫正工作。建立了社区矫正办公室和执法大队，累计接受社区矫正人员102人，解除62人；组织社区矫正人员进行公益劳动20余次。目前，在册矫正人员40名，全旗社区矫正人员重新犯罪率为零，有力地维护了社会的稳定。

法律服务水平不断提升。围绕全区重点项目建设和群众公证法律需求，推行"上门服务、预约服务、现场服务、延时服务、优惠服务"五项便民服务措施，2011年以来共办理各类公证事项5000多件，解答公证法律咨询2000余人次，先后为国有土地挂牌出让活动、拆迁办拆迁、苏木镇改造等提供公证服务，保障了旗重点工程的顺利实施。扩大法律援助覆盖面，在工、青、妇、看守所、卫生局等13个单位设立法律援助工作站；降低法律援助门槛，建立法律援助绿色通道，四年来，共受理法律援助案件600多件，接待群众来访2000余人次。

后 记

　　值此《话说内蒙古·阿巴嘎旗》定稿之际，我们这个由中共阿巴嘎旗委宣传部牵头组织的写作班子较为圆满地完成了书稿的撰写任务。

　　回首整个写作过程，我们深深地感到，对于参与者来说，这也是一个学习和提高的过程。尽管我们负责撰写的章节不同，但通过座谈交流，沟通与探讨，大家都无疑涉足了许多过去无暇顾及和没有接触过的知识领域，这是我们编委会每位成员都有的收获与切身体会。

　　除了知识储备增加带来的欣喜外，我们也感到惴惴不安。由于个人学识和能力的局限，加之有些史料还没有定论，所以对一些事物的介绍和描写难免有挂一漏万之处，在文字的表述上也还有这样或那样的不足，尚望专家学者提出宝贵的意见，多加指正、批评，编者在此一并致谢。

　　在此书的编撰过程中，我们得到了阿巴嘎旗委、旗政府的大力支持，以及旗委宣传部的关心指导。宣传部分管外宣工作的副部长专门负责此项工作，并多次召集专题会议进行讨论研究，初稿形成后，又特意走访多位有关专家，请他们审阅、修改和补充。在大家的共同努力下，书稿内容更趋完善。借此机会，对为本书的编写工作付出辛勤劳动的领导和专家学者，一并致以由衷的谢意。

编者

2017 年 7 月 6 日